KB273161

이상한 나라의 앨리스

세계교양전집 45

이상한 나라의 앨리스

루이스 캐럴 지음 | 존 테니얼 그림

강경숙 옮김

올리버

루이스 캐럴 Lewis Carroll

· 차례 ·

제01장

토끼 굴속으로

앨리스는 언니 옆 강둑에 앉아 있는 것이 매우 지루해지기 시작했습니다. 할 일이 없다는 것에 너무 지쳐 있었습니다. 앨리스는 한두 번 언니가 읽고 있는 책을 엿보았지만, 그 책에는 그림이나 대화가 전혀 없었습니다.

'그림도 없고 대화도 없는 책이 무슨 재미가 있남?'

앨리스는 생각했습니다.

그래서 앨리스는 자신의 마음속으로 더운 날씨 때문에 매우 졸리고 멍청하다고 느끼면서도 매우 열심히 데이지 꽃을 일일이 따는 번거로움이 데이지 꽃다발을 만들었을 때의 즐거움을 느낄 수 있는 가치가 있는지 고심하고 있었습니다. 그때 갑자기 분홍색 눈을 가진 하얀 토끼가 앨리스 옆으로 뛰어갔습니다.

하얀 토끼에 대해 특별히 주목할 만한 것도 없었으며, 토끼가 스스로에게 "오, 맙소사! 오, 맙소사! 늦겠어!"라고 말하는 것을 듣는 것이 그렇게 이상하다고 생각하지도 않았습니다(그 후에 곰곰이 생각해보니, 앨리스는 이 점에 대해 의아해했어야 했다고 느꼈지만, 그 당시에는 모든 것이 꽤 자연스럽게 느껴졌습니다.). 그러나 토끼가 실제로 자신의 조끼 주머니에서 회중시계를 꺼내어 보고는 서둘러 가는 것을 본, 앨리스는 갑자기 일어났습니다.

하얀 토끼가 회중시계를 확인하고 있습니다

왜냐하면 앨리스는 한 번도 조끼 주머니가 있거나 그로부터 꺼낼 수 있는 회중시계를 가진 토끼를 본 적이 없었기 때문입니다. 앨리스는 호기심이 불타올랐으며, 그래서 토끼를 쫓아 들판을 가로질러 달려갔습니다. 다행히도 앨리스는 토끼가 울타리 아래의 큰 토끼 굴속으로 들어가는 것을 바로 목격할 수 있었습니다.

다음 순간, 앨리스는 토끼를 쫓아 토끼 굴속으로 뛰어 내려갔습니다. 다시는 어떻게 밖으로 나갈 수 있을지에 대한 생각은 한 번도 하지 않았습니다.

토끼 굴의 구멍은 터널처럼 곧게 뚫려 있었고, 그러다가 갑자기 아래로 꺾였습니다. 너무 갑작스러워서 앨리스는 자신을 멈추려는 생각을 할 틈도 없이 매우 깊은 굴속으로 떨어지고 말았습니다.

굴은 매우 깊었지만, 앨리스는 매우 천천히 떨어졌습니다. 앨리스가 떨어지는 동안에도 주변을 살펴보며 다음에 무슨 일이 일어날지 궁금해 할 시간이 충분했습니다. 처음에 앨리스는 아래를 내려다보며 자신이 다다를 곳을 알아보려 했으나, 너무 어두워서 아무것도 볼 수 없었습니다. 그래서 앨리스는 굴의 벽을 바라보았고, 그곳에는 찬장과 책들로 가득 차 있다는 것을 알게 되었습니다. 앨리스는 여기저기에서 걸이에 걸려 있는 지도와 그림들을 보았습니다. 앨리스는 지나가면서 한 선반에서 병 하나를 꺼냈습니다. 그 병에는 '오렌지 잼'이라고 적혀 있었지만, 매우 실망스럽게도 그 병은 텅 비어 있었습니다. 아래에 누군가가 있어서 다치게 할까봐 두려워서 병을 떨어뜨리지 않으려고 노력했으며, 굴 속으로 떨어지면서 그 병을 찬장 중 하나에 밀어 넣었습니다.

‘좋아!’

앨리스는 속으로 생각했습니다.

‘이렇게 떨어지고 나면, 계단에서 굴러 떨어진다는 생각은 전혀 문제가 되지 않겠는 걸! 집에 있는 가족들이 내가 얼마나 용감하다고 생각할까! 설령 내가 집 꼭대기 지붕에서 떨어진다 해도 나는 그것에 대해 아무 말도 하지 않을 거야!’ (사실일 가능성이 아주 전혀 없지는 않았습니다.)

“아래로, 아래로, 아래로. 떨어지는 것이 결코 끝나지 않으려나? 지금까지 내가 얼마나 떨어졌는지 궁금한데?”

앨리스는 큰 소리로 말했습니다.

“나는 지구의 중심 근처 어딘가에 도착하고 있는 것 같은데. 어디 보자, 내 생각에는 6,400킬로미터 아래쯤 인 것 같은데…….” (앨리스는 학교 수업 시간에 이런 종류의 것들에 대해 배운 적이 있었습니다. 앨리스의 말을 들어줄 사람이 아무도 없었기 때문에, 본인이 알고 있는 지식을 과시할 좋은 기회는 아니었지만, 그래도 그것을 반복해서 말함으로써 배운 것에 대한 좋은 복습의 습관이었습니다.)

“그래, 그 정도면 적당한 거리인데, 그러면 내가 가야 할 위도와 경도가 어떻게 될까?” (앨리스는 위도나 경도가 뭐가 뭔지는 몰랐지만, 말을 하는데 있어서 멋지고 훌륭한 단어라고 생각했습니다.)

이윽고 앨리스는 다시 말했습니다.

“내가 땅을 뚫고 떨어지진 않을까 궁금한데! 거꾸로 걷는 사람들 사이로 나가게 되면 얼마나 우스꽝스러워 보일까! 내 생각에는 그걸 아마도 대척점이라고 하지……."

(앨리스는 이번에는 전혀 적절한 말처럼 들리지 않았기 때문에 아무도 듣지 않아서 오히려 다행이라고 기뻐했습니다.)

"하지만 나는 그들에게 그 나라의 이름이 무엇인지 물어봐야 겠어. 제발, 아주머니 여기는 뉴질랜드입니까? 호주입니까?"

(앨리스는 말하면서 한 쪽 다리를 뒤로 살짝 빼고 무릎을 약간 구부리 며 인사를 하려고 했습니다. 공중에서 떨어지면서 한 쪽 다리를 뒤로 살짝 빼고 무릎을 약간 구부리며 인사하는 모습을 상상해보십시오! 그렇게 될 수 있다고 생각히 십니끼?)

"그 작은 여자애는 내가 그런 걸 물어본다고 나를 무시하면 어 떡하지? 아니, 절대로 물어보지 않을 거야. 어쩌면 어디선가 나라 이름이 쓰여 있는 걸 볼 수 있을지도 모르니까."

아래로, 아래로, 아래로. 더 이상 할 일이 없었던 앨리스는 곧 다시 이야기하기 시작했습니다.

"다이너가 오늘 밤 나를 몹시 그리워하겠지요. 그렇죠!"

(다이너는 고양이였습니다.)

"차 시간에 다이너의 우유 그릇을 채워주는 걸 잊지 않았으면 좋겠는데. 다이너, 내 사랑! 내가 여기 너와 함께 있었으면 좋겠 어! 공중에는 쥐가 없을 것 같아, 하지만 아마도 박쥐를 잡을 수 는 있을 거야. 박쥐는 쥐와 매우 비슷하거든. 하지만 고양이가 박 쥐를 먹는지 궁금하네?"

이제 앨리스는 점점 졸음이 밀려오기 시작했습니다. 꿈꾸는 듯 비몽사몽간에 스스로에게 계속 말했습니다.

"고양이가 박쥐를 먹는다고? 고양이가 박쥐를 먹는다고?"

그리고 가끔은 이렇게 중얼거렸습니다.

"박쥐가 고양이를 먹는다고?"

앨리스는 두 질문 모두에 대해서 대답할 수 없기 때문에 어떤 식으로 표현하든 큰 상관이 없다고 느꼈습니다. 앨리스는 자신이 졸고 있는 것을 알았고, 막 다이너와 손을 잡고 걷고 있다는 꿈을 꾸기 시작했으며, 매우 진지하게 다이너에게 말을 걸었습니다.

"자, 다이너, 진실을 말해줘. 너는 박쥐를 먹어본 적이 있니?"

그때 갑자기,

'쿵! 쿵!'

앨리스는 나뭇가지와 낙엽 더미에 떨어졌고, 이제야 떨어지는 것이 끝난 것을 알았습니다.

앨리스는 전혀 다치지 않았기 때문에, 순간적으로 발을 딛고 일어섰습니다. 앨리스는 위를 올려다보았지만, 하늘은 온통 어두 웠습니다. 앞에는 또 다른 긴 통로가 있었고, 하얀 토끼가 여전히 그 통로를 급히 지나가고 있었습니다. 이럴 시간이 없었습니다. 앨 리스는 바람처럼 달려가며, 모퉁이를 돌았을 때, 하얀 토끼의 소 리를 들을 수 있었습니다.

"오, 내 귀와 구레나룻아, 시간이 너무나 늦어지고 있어!"

앨리스가 그 모퉁이를 돌 때 하얀 토끼가 가까이 있었는데, 이 제는 더 이상 하얀 토끼는 보이지 않았습니다. 앨리스는 천장에 매달린 램프를 통해 밝아진 길고 낮은 복도에 도착했습니다.

복도 주변에는 사방에 문이 있었지만, 모두 잠겨 있었습니다. 앨리스는 한 쪽을 다 지나고 다른 쪽을 지나가면서 모든 문을 열려고 시도해 보았지만, 결국 복도의 중간으로 돌아와서 슬프게 걸어가며 어떻게 다시 나갈 수 있을지를 고민하기 시작했습니다.

그때 갑자기 그녀는 튼튼한 유리로 만들어진 작은 다리가 세 개인 탁자가 눈에 들어왔습니다. 그 탁자 위에는 작은 황금 열쇠 하나만 덩그러니 놓여 있었습니다. 앨리스는 처음에 그 황금 열쇠가 복도의 어느 문을 열 수 있을지도 모른다고 생각했습니다. 그러나 안타깝게도 어떤 문은 자물쇠가 너무 컸고, 또 어떤 문은 열쇠가 너무 작았습니다. 어쨌든 황금 열쇠로 그 어떤 문도 열 수 없었습니다. 그러나 두 번째로 다시 돌아보고 있던 앨리스는 그 이전에는 눈치 채지 못했던 작은 커튼을 발견했습니다. 그 커튼 뒤에는 약 40센티미터가 조금 안 되는 높이의 작은 문이 있었습니다.

앨리스는 황금 열쇠를 자물쇠에 꽂아 보았습니다. 그것이 꼭 맞는다는 것을 알았을 때의 그 기쁨이 얼마나 크던지!

앨리스는 문을 열었을 때 작은 통로로 이어진 것을 발견했습니다. 그 통로는 쥐구멍보다도 그리 크지 않았습니다. 앨리스는 무릎을 꿇고 그 통로를 들여다보니 아름다운 정원이 펼쳐져 있었습니다. 앨리스는 그 어두운 복도에서 나와 밝은 꽃들이 가득한 정원과 시원한 분수 사이를 돌아다니고 싶어 어쩔 줄을 몰랐습

앨리스가 커튼 뒤에 있는 작은 문을 찾았습니다

니다. 그러나 안타깝게도 머리조차도 문틈으로 통과할 수 없었습니다. 불쌍한 앨리스는 생각했습니다.

'머리가 들어갈 수 있다고 해도, 어깨가 들어가지 못하면 아무 소용이 없겠지. 아! 내 몸을 망원경처럼 접을 수 있다면 정말 좋을 텐데! 시작하는 방법만 알게 된다면 가능할 것도 같은데.'

아시다시피, 최근에 이상한 일들이 많았던 터라, 앨리스는 정말로 불가능한 일은 얼마 없을 거라 생각하기 시작했습니다.

앨리스는 작은 문 옆에서 기다리는 것은 그 어떤 의미도 없어 보였기에 탁자로 돌아갔습니다. 앨리스는 탁자 위에서 또 다른 열쇠를 발견할 수 있지 않을까 하는 희망과, 적어도 사람을 망원경처럼 접는 방법이 담긴 마법의 책을 찾을 수 있지 않을까 하는 희망이 있었습니다. 이번에는 앨리스가 탁자 위에 작은 병 하나가 놓여 있는 것을 발견했습니다("분명히 아까까지는 여기 없던 것인데."라고 앨리스가 말했습니다.). 병의 목 부분에는 '나를 마셔요'라는 문구가 적힌 아름답고 크게 인쇄된 종이표가 붙어 있었습니다.

'나를 마셔요'라고 말하는 것은 그럴듯했지만, 아주 현명한 앨

앨리스가 '나를 마셔요' 종이표가 붙은
병을 들고 있습니다

리스는 급하게 그렇게 하지 않았습니다.

"아니, 먼저 살펴보겠어. '독극물'이라고 표시되어 있는지 확인할 거야."

앨리스는 말했습니다.

앨리스는 아이들이 불에 타거나 야생 동물들에게 잡아먹히고, 그렇지 않으면 여러 가지 기분 나쁜 일들에 대한 여러 가지 이야기를 책에서 읽어본 적이 있었기 때문입니다. 이것은 그들이 친구들로부터 배운 간단한 규칙들을 기억하지 못했기 때문이었습니다. 예를 들어, 뜨거운 쇠꼬챙이를 너무 오랫동안 들고 있으면 화상을 입고, 칼로 손가락을 깊숙이 베이면 보통 출혈이 일어난다는 것, 그리고 '독극물'이라고 적힌 병에 든 것을 많이 마시면 언젠가는 분명히 몸에 탈이 난다는 것을 잊지 않았습니다.

그러나 이 병에는 '독극물'이라고 표시되어 있지 않았기 때문에 앨리스는 그것을 맛보았고, 그 맛이 매우 좋다는 것을 알았습니다(사실, 그것은 체리 타르트, 커스터드, 파인애플, 구운 칠면조, 토피, 그리고 뜨거운 버터 토스트의 혼합된 맛을 가지고 있었습니다.). 앨리스는 아주 빨리 그것을 모두 다 마셔버렸습니다.

*   *   *   *   *   *   *

*   *   *   *   *   *

*   *   *   *   *   *   *

"무척 이상야릇한 기분이네! 마치 내가 망원경처럼 접혀지면서 작아지고 있는 것 같아."

앨리스가 말했습니다.

그것은 사실이었습니다. 앨리스는 이제 겨우 30센티미터 정도의 키로 줄어들었고, 그 사랑스러운 정원으로 들어가기 위해 이제 적당한 크기라는 생각에 얼굴에 밝은 미소가 피어올랐습니다. 그러나 앨리스는 잠시 동안 더 줄어들지나 않을지 기다렸습니다. 앨리스는 이제 조금 긴장하고 있었습니다.

"어쩌면, 촛불처럼 내가 완전히 사라지는 결과로 마무리될 수도 있겠는 걸. 그땐 나는 어떤 모습일까?"

앨리스는 혼잣말로 중얼거렸습니다.

그렇지만 앨리스는 촛불이 꺼진 후 어떻게 보이는지를 상상해 보려고 애썼지만, 그런 것을 본 기억이 없었습니다.

잠시 후, 아무 일도 일어나지 않자 앨리스는 즉시 정원으로 가기로 결심했습니다. 그러나 불행하게도 앨리스가 정원으로 들어가는 문에 도착했을 때, 황금 열쇠를 깜박하고 탁자 위에 놓고 왔다는 것을 기억해 냈습니다. 그래서 앨리스는 황금 열쇠를 가져오기 위해 다시 탁자로 돌아갔지만, 탁자 위의 황금 열쇠에 도달할 수 없음을 알게 되었습니다. 유리 너머로 황금 열쇠를 명확히 볼 수는 있었지만 말입니다. 앨리스는 탁자의 다리 중 하나를 잡고 기어 올라가려고 애썼지만 너무 미끄러웠습니다. 여러 번 시도한 끝에 너무 지쳐서 앉아 울음을 터뜨리고 말았습니다.

"어서요, 그렇게 울어봐야 아무 소용이 없어요! 지금 당장 울음을 그치는 것이 좋아요!"

앨리스는 스스로에게 아주 날카롭게 조언을 해주었지만(거의 따르지는 않았지만), 이따금 스스로에게 너무 엄하게 꾸짖어 눈에 눈물을 흘리기도 했습니다. 그리고 한 번은 자신을 속여서 자신과 하는 크로켓 경기에서 패했을 때 자신의 귀를 때려주려고 했던 기억도 있었습니다. 이 독특한 앨리스는 두 사람인 척 하는 것을 매우 좋아했습니다.

'하지만 지금은 의미가 없어. 두 사람인 척 하다니! 아, 내가 제대로 된 사람 한 명 만들기에도 거의 힘이 남아있지 않은 걸!'

불쌍한 앨리스는 생각했습니다.

곧 앨리스의 눈은 탁자 아래에 놓인 작은 유리 상자를 쳐다보았습니다. 앨리스가 그 작은 유리 상자를 열었더니, 그 안에 '나를 먹어봐'라는 말이 아름답게 건포도로 새겨진 매우 작은 케이크를 발견했습니다.

"좋아, 나는 이 케이크를 먹겠어. 만약 내가 덩치가 커지면 열쇠에 닿을 수 있을 것이고, 만약 작아진다면 문 아래로 기어 들어갈 수 있을 테니까. 어떤 경우든 나는 정원에 들어갈 수 있으니까, 어떤 일이 일어나도 상관없어!"

앨리스가 말했습니다.

그래서 앨리스가 케이크를 조금 먹으면서, 불안하게 스스로에게 속삭였습니다.

"어느 쪽인가? 어느 쪽인가?"

머리 위에 손을 얹고 어느 쪽으로 자라는지 느껴보려고 하였습니다. 앨리스는 자신의 크기가 변함이 없다는 사실에 꽤 놀랐습니다. 사실, 이는 보통 케이크를 먹을 때 발생하는 일이긴 하지만, 앨리스는 예상치 못한 일이 생기기를 기대하는 데 이미 너무 익숙해져 있었기 때문에, 일반적인 평범한 일이 지속되는 것이 꽤나 지루하고 시시하게 느껴졌습니다.

그래서 앨리스는 케이크를 먹는 작업을 시작했고, 아주 깨끗하게 케이크를 먹어버렸습니다.

*　*　*　*　*　*　*

*　*　*　*　*　*

*　*　*　*　*　*　*

제02장

눈물의 웅덩이

"점점 더 궁금해지는 걸!"

앨리스가 외쳤습니다(너무 놀라서, 순간적으로 제대로 말하는 것조차 잊어 버렸습니다.).

"지금은 지금껏 본 것 중 가장 큰 망원경처럼 점점 펼쳐지고 있네! 안녕, 발들아!"

(앨리스가 자신의 발을 내려다보았을 때, 발은 거의 시야에서 사라진 것처럼 멀어져서 아주 작게 보였습니다.)

'오, 나의 가엾은 작은 발들, 이제 너희를 위해 누가 신발과 양말을 신겨줄까, 내 사랑들? 나는 분명히 그렇게 할 수 없을 거야! 나는 너무 멀리 있어서 너희들을 걱정할 여유가 없어. 너희들은 알아서 스스로 최선을 다해야 해.'

앨리스는 생각했습니다.

'하지만 나는 너희들에게 친절하게 해줄거야. 그렇지 않으면 너희들이 내가 원하는 방향으로 걷지 않을지도 모르니까! 매년 크리스마스마다 너희들에게 새 부츠를 사주도록 할게.'

앨리스는 스스로 어떻게 처리할 것인지 계획을 세워 나갔습니다.

'선물은 우편배달을 통해 가야 해, 자신의 발에게 선물을 보내는 것이 얼마나 우스꽝스럽겠어! 그리고 주소가 얼마나 이상하게 보일까!'

앨리스는 생각했습니다.

앨리스의 오른발님께

벽난로

깔개 망 근처

앨리스의 사랑과 함께

'어휴, 내가 무슨 헛소리를 하고 있지!'

순간 앨리스의 머리가 복도의 천장에 부딪혔습니다. 사실 앨리스는 이제 키가 2미터 75센티미터 이상 자랐습니다. 앨리스는 즉시 작은 황금 열쇠를 집어 들고 정원 문으로 향해 서둘러 달려갔습니다.

불쌍한 앨리스! 그녀는 한쪽으로 누워서 한쪽 눈으로 정원을 들여다보는 것 외에는 아무것도 할 수 없었습니다. 그러니 정원으로 들어가는 것은 더욱 불가능해졌습니다. 앨리스는 앉아서 다시 울음보가 터지고 말았습니다.

앨리스가 말했습니다.

"너 자신에 대해 부끄러워해야 해. 너 같은 커다란 소녀가(앨리스가 이렇게 말할 만도 했습니다.) 이렇게 울고만 있다니! 지금 당장 그만둬!"

그러나 앨리스는 그럼에도 불구하고 계속 울어서, 하도 많이 눈물을 흘려서 주변에 깊이 약 10센티미터 정도의 복도의 중간까지 올라오는 커다란 웅덩이를 만들어 놓았습니다.

얼마 후, 앨리스는 멀리서 발소리가 뚝딱거리며 들리는 것을 듣고, 무엇이 오는지 보기 위해 급히 눈물을 닦았습니다. 그것은 하얀 토끼가 화려한 복장을 하고 한 손에는 새끼 염소 가죽으로 만든 흰 가죽 장갑 한 쌍을, 다른 손에는 큰 부채를 들고 돌아오는 모습이었습니다. 하얀 토끼는 아주 급하게 뛰어오며 혼자 중얼거렸습니다.

"오! 공작부인, 공작부인! 내가 그녀를 기다리게 했다면 그녀가 얼마나 화를 낼까!"

앨리스는 너무 절망스러워서 누구에게든 도움을 요청하려고 하고 있었습니다. 그래서 하얀 토끼가 그녀에게 가까이 오자, 낮고 수줍은 목소리로 말하기 시작했습니다.

"선생님, 실례합니다만……."

그러자 하얀 토끼는 소스라치게 놀라서 흰 가죽 장갑과 부채를 떨어뜨리고, 허둥지둥 빠르게 어둠 속으로 사라졌습니다.

거대해진 앨리스가 도망치는 하얀 토끼를 바라보고 있습니다

앨리스는 하얀 토끼가 떨어뜨린 부채와 장갑을 집어 들고, 복도가 너무 더워서 부채질을 하며 스스로 중얼중얼 거렸습니다.

"아, 아! 오늘은 모든 것이 이상한 일 천지네! 어제까지만 해도 평소와 같았는데 말이야. 내가 밤새 변했을까? 생각해 보자. 오늘 아침 일어났을 때 평소와 같지 않았던가? 조금 다른 느낌이 들었던 것 같은데. 하지만 내가 평소와 같지 않다면, 다음 질문은, 도대체 나는 누구인거지? 아, 이것이 바로 커다란 수수께끼구나!"

그리고 앨리스는 자신과 같은 나이의 모든 아이들을 생각해 보며, 혹시 그들 중 누구로 바뀌었는지를 생각해 보기 시작했습니다.

앨리스가 말했습니다.

"나는 에이다는 절대 아닐 거야. 에이다의 머리카락은 매우 길고 곱슬곱슬하지만, 내 머리카락은 전혀 그렇지가 않은 걸. 그리고 설마 메이블일리는 없을 거야. 나는 온갖 종류의 것들을 알고 있지만, 메이블은 정말로 아주 것이 눈곱만치도 없잖아! 게다가 메이블은 메이블이고 앨리스는 앨리스니까. 아, 정말 너무나 혼란스럽네! 내가 예전에 알던 것들을 잘 기억하고 있는지 해봐야 할 것 같아. 잠깐 보자, 4×5=12, 4×6=13, 4×7=……. 아, 이런! 이런 방식으로는 절대 20까지 이를 수 없겠어! 하지만, 구구단은 별로 문제되지 않아. 지리 과목을 해봐야겠다. 런던은 파리의 수도이고, 파리는 로마의 수도이고, 로마는……. 아니, 그건 모두 잘못된 것 같은데. 확실히 내가 메이블과 바뀐 것 같아! '어떤 작은 새끼 악어가……'라고 말해보려 해요."

앨리스는 교과서를 읽는 것처럼 무릎 위에 손을 포개고 반복하기 시작했지만, 목소리는 거칠고 이상하게 들렸으며, 단어들은 예전처럼 튀어 나오지 않았습니다.

새끼 악어는 어떻게

빛나는 꼬리를 사용하여,

나일 강의 물을

모든 황금빛 비늘에 쏟는가!

그가 얼마나 즐겁게 웃는지,

그의 발톱은 얼마나 단정하게 펼쳐져 있는가,

그리고 작은 물고기들을

부드럽게 미소 짓는 입으로 맞이하는가!

"확실히 이건 올바른 내용이 아니야."

불쌍한 앨리스가 말하며, 그녀의 눈에는 눈물이 고였습니다.

앨리스는 계속해서 말했습니다.

"결국 나는 메이블이 되고야 말았고, 그 좁고 작은 집에서 장난감도 거의 없이 살게 되었네. 배워야 할 수업도 너무 많아! 아니, 난 결정했어. 만약 내가 메이블로 살아야한다면, 여기에 그냥 머물러 사는 게 낫겠어! 사람들이 고개를 들이밀고 '다시 올라와, 사랑하는 아가!'라고 말해도 소용없어. 나는 그저 위를 올려다보며 '그렇다면 나는 누구인가요? 먼저 그걸 말해주세요. 그리고 내가 그 사람이 되는 것이 마음에 든다면 올라갈 거예요. 그렇지 않다면, 나는 다른 사람이 될 때까지 여기에 머물러 있겠어요.' 하지만, 아, 이런!"

앨리스는 갑자기 눈물을 터뜨리며 외쳤습니다.

"사람들이 고개를 들이밀었으면 좋겠어요! 나는 이곳에서 혼자 있는 것이 정말 지겨워요!"

앨리스가 이렇게 말하면서 자신의 손을 내려다보았더니, 말하는 동안 자신이 하얀 토끼의 작은 흰 장갑 중 한 짝을 끼고 있다는 사실을 알고 깜짝 놀랐습니다.

'내가 어떻게 하얀 토끼의 작은 흰 장갑 중 한 짝을 끼고 있는 거지? 내가 다시 작아지고 있는 것 같은데.'

앨리스는 생각했습니다.

앨리스는 자신의 키를 재보기 위해 일어나서 탁자로 갔습니다. 앨리스가 거의 예상했던 것처럼, 현재 그녀는 키는 약 60센티미터 정도였으며, 빠르게 줄어들고 있었습니다. 앨리스는 잠시 후 이렇게 키가 줄어드는 원인이 자신이 쥐고 있던 부채임을 알았고, 재빠르게 부채를 내려놓았습니다. 그러고 나서야 겨우 완전히 줄어드는 것을 피할 수 있었습니다.

"휴~~ 아슬아슬한 탈출이었어!"

앨리스는 갑작스러운 변화에 크게 놀라면서도 여전히 살아있음을 발견한 것에 매우 기뻐했습니다.

"이제 정원으로 가야지!"

앨리스는 말하며 전속력으로 작은 문으로 달려갔습니다. 그러나 유감스럽게도 작은 문은 다시 닫혀 있었고, 작은 황금 열쇠는 이전과 같이 유리 탁자 위에 놓여 있었습니다.

'얼마나 상황이 더 나빠질 수 있을까, 이전에는 이렇게까지 작

아지진 않았었는데, 정말로! 너무나도 짜증나네!'

불쌍한 앨리스는 생각했습니다.

앨리스가 이렇게 생각하는 순간, 발이 미끄러지면서, '첨벙!' 하는 소리와 함께 소금물에 턱까지 잠겼습니다. 앨리스가 가장 먼저 든 생각은 바다에 빠졌다는 것이었습니다.

"그렇다면 나는 기차로 돌아갈 수 있을 거야."

앨리스는 혼잣말로 중얼거렸습니다(앨리스는 지금껏 살면서 딱 한 번 바닷가에 간 적이 있는데, 언제나 영국 해안에 가면 바다에 있는 여러 개의 이동식 탈의 시설과 나무 삽으로 모래를 파고 있는 아이들, 그리고 숙박 시설들이 줄지어 서 있고, 그 뒤로는 기차역이 있는 것으로 알고 있었습니다.). 그러나 앨리스는 곧 자신이 흘린 눈물의 양이 2미터 75센티미터 높이의 웅덩이가 생겨, 거기에 자신이 빠져 있다는 것을

앨리스가 눈물의 웅덩이에 빠져 있습니다

깨달았습니다.

"그렇게 펑펑 울지 말았어야 했는데!"

앨리스가 말하며 헤엄치면서 길을 찾으려 애썼습니다.

"이제 나는 내 눈물에 빠져서 익사하는 것으로 벌을 받을 거야! 정말 이상한 일이 될 것 같은데! 어쨌든 오늘은 모든 것이 이 모양이지."

그때 앨리스는 조금 떨어진 눈물의 웅덩이 속에서 무언가 철벅거리며 움직이는 소리를 들었습니다. 앨리스는 그것이 무엇인지 확인하기 위해 헤엄쳐서 더 가까이 갔습니다. 처음에는 그것이 바다코끼리나 하마일 것이라고 생각했지만, 곧 본인이 얼마나 작아졌는지를 기억하고는, 결국 그것이 그녀와 같이 미끄러져 빠진 단지 쥐라는 것을 알아차렸습니다.

'지금 이 쥐에게 말을 걸어 봐도 괜찮을까? 여기 이곳의 모든 것이 너무 엉뚱해서, 아마도 이 쥐가 말을 할 수도 있을 것 같은데. 어쨌든 시도해보는 데 별 손해 볼 것은 없지.'

앨리스는 생각했습니다.

그래서 앨리스는 쥐에게 말을 걸기 시작했습니다.

"오, 쥐야, 이 눈물의 웅덩이에서 빠져 나가는 길을 알고 있니? 나는 여기서 헤엄치는 게 너무 지겹거든, 오 쥐야!"

(앨리스는 이것이 쥐에게 말을 하는 올바른 방법이라고 생각했습니다. 앨리스는 이전에 이런 일을 해본 적은 없지만, 오빠의 라틴어 문법책에서 '쥐—쥐의—쥐에게—쥐—오 쥐!'라는 구절이 쓰여 있는 것을 본 기억이 있

었습니다.)

쥐는 앨리스를 다소 호기심 어린 눈으로 바라보았고, 앨리스에게는 쥐의 작은 눈 중 하나로 자신에게 윙크하는 것처럼 보였지만, 아무런 말을 하지는 않았습니다.

앨리스는 생각했습니다.

'아마도 쥐가 영어를 이해하지 못하는 것일지도 몰라. 확실히 그건 윌리엄 정복자와 함께 온 프랑스 쥐일 거야.'

(역사에 대한 앨리스의 모든 지식을 동원해도 불구하고, 앨리스는 도대체 얼마나 오래 전에 일이 일어났는지에 대해 정확히 알 수가 없었습니다.)

그래서 앨리스는 다시 물었습니다.

"Ou est ma chatte?(우에 마 샤트: 제 고양이는 어디에 있나요?)"

이 말은 앨리스의 프랑스어 교과서의 첫 문장이었습니다. 그러자 쥐가 눈물의 웅덩이 속에서 갑자기 뛰어올랐고, 두려움으로 온몸이 떨리는 것 같았습니다.

"오, 미안!"

앨리스는 다급하게 외쳤습니다. 그 불쌍한 동물의 감정을 상하게 했을까 두려웠기 때문입니다.

"쥐가 고양이를 싫어한 것을 완전히 잊고 있었어."

"누가 고양이를 좋아해! 네가 나라면 고양이를 좋아하겠니?"

쥐가 날카롭고 화를 내는 듯한 목소리로 외쳤습니다.

"음, 아마도 싫겠지. 너무 화내지는 마. 그렇지만 우리 집에 있는 고양이 다이너를 아직 보지 못해서 그래. 네가 다이너를 보게 된다면 고양이를 좋아하게 될 거라고 생각해. 다이너는 정말로 조용하고 사랑스럽거든."

앨리스는 부드러운 목소리로 말했습니다.

앨리스는 눈물의 웅덩이 속에서 느릿느릿하게 헤엄치며 혼잣 말처럼 말하듯 덧붙였습니다.

"다이너는 난로 옆에서 부드럽게 웅얼거리고, 발을 핥으며 얼 굴을 씻고 있어. 다이너는 정말로 부드러운 털을 갖고 있어서 안 으면 얼마나 좋은데. 그리고 쥐를 잡는 데에도 뛰어난 고양이야. 아, 정말 미안!"

앨리스는 다시 외쳤습니다. 이번에는 쥐가 온몸의 털을 곤두세 우고 있었고, 앨리스는 쥐가 정말로 화가 나 있다고 믿었습니다.

"네가 원하지 않는다면 우리는 더 이상 다이너에 대해 이야기 하지 말자."

"정말로 우리라고!"

쥐가 그의 꼬리 끝까지 벌벌 떨면서 외쳤습니다.

"내가 그런 말을 얘기한 것처럼 말하지 마! 우리 쥐들은 항상 고양이를 증오해. 끔찍하고, 저질이며, 저속한 것들이거든! 다시 는 그런 말을 말하지 마!"

"정말 안 그럴게!"

앨리스는 말하면서 대화의 주제를 황급히 바꾸려 하였습니다.

"…혹시 개는…좋아해?"

쥐는 대답하지 않았고, 앨리스는 열심히 계속 말했습니다.

눈물의 웅덩이에서 쥐와 앨리스가 대화를 하고 있습니다

"우리 집 근처에 아주 멋진 강아지가 있어. 반짝이는 눈을 가진 작은 테리어인데, 정말 긴 곱슬곱슬한 갈색 털을 가지고 있어! 그리고 그 강아지는 물건을 던지면 그 물건을 다시 가져오기도 하고, 저녁을 달라고 앉아서 조르는 행동도 할 수 있어. 그 중 절반도 기억하지 못해서 그렇지 그 강아지는 여러 가지 많은 재주가 있어. 그리고 그 강아지의 주인은 농부인데, 그 농부는 그 강아지가 매우 유용하다고 해. 그래서 그 강아지의 가치는 무려 100파운드에 달한다고 하거든! 또한 그 강아지는 모두 쥐를 잡는다고 하니……아, 안 돼!"

앨리스는 애절한 목소리로 외쳤습니다.

"또다시 너를 기분 나쁘게 했네!"

엘리스는 덧붙였습니다.

쥐는 앨리스에게서 가능한 한 멀리 헤엄쳐 나가고 있었고, 눈물의 웅덩이는 상당히 출렁출렁 파도를 일으키고 있었습니다.

앨리스는 부드럽게 쥐를 부르며 말했습니다.

"쥐야! 다시 돌아와 줘. 네가 싫다면 고양이나 강아지에 대해 이야기하지 않을 테니까!"

쥐가 앨리스의 말을 듣고, 돌아서 천천히 앨리스에게로 헤엄쳐 돌아왔습니다. 쥐의 얼굴은 상당히 창백했으며(앨리스는 화가 났기 때문이라고 생각했습니다), 낮고 떨리는 목소리로 말했습니다.

"일단 웅덩이에서 나가자. 그러면 내가 이야기를 해줄게. 그러면 내가 고양이와 강아지를 싫어하는 이유를 이해할 수 있을 거야."

웅덩이를 빠져나가기는 해야 할 때였습니다. 눈물의 웅덩이는 빠진 새들과 동물들로 꽤 붐비고 있었습니다. 거기에는 오리와 도도새, 앵무새와 새끼 독수리, 그리고 여러 가지 호기심을 끄는 많은 생물들이 있었습니다. 앨리스가 앞에 서서 길을 안내하고, 전체 생물들은 앨리스를 따라 웅덩이 밖으로 헤엄쳐 갔습니다.

제03장

코커스 경주와 긴 이야기

정말로 기묘한 몰골을 한 모습의 무리가 모여 있었습니다. 깃털이 바닥에 질질 끌리는 새들, 털이 젖어서 몸에 찰싹 달라붙어 있는 동물들, 그렇게 그곳에 모인 모든 동물은 젖어 있었고, 화가 나 있으며, 많이 불편해 보였습니다.

물론 첫 번째로 해결해야 할 문제는 어떻게 젖은 몸을 말릴 수 있을까 하는 것이었습니다. 그들은 이에 대해 서로 의견을 나누었고, 몇 분 후에는 앨리스가 그들과 친근하게 대화하고 있는 자신이 매우 자연스럽게 느껴졌습니다. 마치 평생 그들을 알고 있었던 것처럼 느껴졌습니다. 실제로, 앨리스는 앵무새와 꽤 긴 논쟁을 했고, 결국 앵무새는 부루퉁해져서 말했습니다.

"나는 너보다 나이가 많으니까, 너보다 더 많은 것을 잘 알고 있어."

그러나 앨리스는 앵무새가 몇 살인지 알지 못하기 때문에 이를 받아들이지 않았고, 앵무새가 나이를 말하기를 완강히 거부하자 더 이상의 언급은 없었습니다.

마침내, 그들 중에서도 권위가 있는 듯한 쥐가 외쳤습니다.

"모두 앉아 제 말을 들어줘요! 곧 여러분의 몸을 충분히 말려주겠어요!"

그들은 즉시 원을 그리며 앉았고, 쥐는 가운데에 위치했습니다. 앨리스는 쥐를 불안하게 주시하면서, 아주 빨리 말리지 않으면 감기에 걸릴 것 같았습니다.

쥐가 권위 있는 태도로 말했습니다.

"에헴. 모두 준비되었습니까? 제가 아는 것 중 가장 무미건조한 이야기입니다. 조용히 해 주시기 바랍니다! '교황이 지지한 정복자 윌리엄은 최근에 자주적 침탈과 정복에 익숙해져 있던 영국인들이 지도자를 원했기 때문에 영국을 쉽게 복종시킬 수 있게 되었습니다. 머시아와 노섬브리아의 백작 에드윈과 모르카는⋯⋯.'"

"으악!"

앵무새는 떨며 말했습니다.

"뭐라고요!"

쥐가 찡그린 얼굴로 말했지만 매우 정중하게 말했습니다.

"뭐라고 말한 건가요?"

"저는 아닙니다!"

앵무새가 서둘러서 말했습니다.

"나는 무슨 말을 한 걸로 생각했네요. 그럼 계속하겠습니다. '머시아와 노섬브리아의 백작 에드윈과 모르카는 윌리엄을 지지했으며, 심지어 애국적인 캔터베리 대주교인 스티건드도 그것이 바람직하다고 판단했고…….'"

쥐가 말했습니다.

"무엇을 판단했다고요?"

오리가 말했습니다.

"그것을 판단했습니다. 물론 여러분은 '그것'이 무엇을 의미하는지 알고 있겠죠."

쥐가 다소 화난 목소리로 대답했습니다.

"나는 '그것'이 무엇을 의미하는지 충분히 알고 있어요. 내가 어떤 것을 판단할 때, 일반적으로 그것은 개구리나 벌레지요. 질문은 대주교가 무엇을 판단했느냐는 것이라고요."

쥐는 이 질문을 주목하지 않았고, 서둘러 하려던 말을 계속했습니다.

"'에드거 황태자와 함께 윌리엄을 만나서 그에게 왕관을 전하는 것이 바람직하다고 판단했습니다. 윌리엄의 행동은 처음에는 온순했습니다. 그러나 그의 노르만 사람들의 오만함은…….' 지금은 몸이 어때요?"라고 말하면서 앨리스를 향해 돌아보았습니다.

앨리스는 우울한 투로 말했습니다.

"여전히 젖어 있어. 전혀 마르지 않는 것 같아."

"그렇다면, 나는 보다 적극적인 해결책의 즉각적인 채택을 위해 잠시 회의의 중단을 제안합니다."

도도새가 엄숙하게 말하며 일어섰습니다.

"좀 알아듣게 말해줘요!"

새끼 독수리가 말했습니다.

"그 긴 말들 중에서 무슨 뜻인지 절반도 알아듣지 못하겠다고요. 또한 당신이 그것들에 대해서 잘 아는 것 같지도 않아요!"

그리고는 새끼 독수리가 웃음을 숨기기 위해 머리를 숙였습니다. 다른 새들 중 일부는 크게 소리 내어 킥킥거리기도 했습니다.

"제가 하려고 하는 말은, 가장 효과적으로 우리의 몸을 말리는 방법으로 코커스 경주를 하자는 거예요."

도도새는 불쾌한 투로 말했습니다.

"코커스 경주가 뭐예요?"

앨리스는 물었습니다.

앨리스는 많은 것을 알고 싶어서가 아니라 도도새가 누군가가 발언해야 할 것이라는 듯 잠시 멈추었고, 다른 사람들은 아무 말도 할 의향이 없어 보였기 때문입니다.

도도새가 말했습니다.

"코커스 경주를 설명하기 위한 가장 좋은 방법은 직접 해보는 것이에요."

(그리고, 여러분이 어느 겨울날에 그것을 시도해 보고 싶어 할 수도 있으

니, 도도새가 그것을 어떻게 해냈는지 말씀드리죠.)

먼저, 일종의 원형 경주로를 표시하였습니다("그것의 정확한 모양은 중요하지 않아요."라고 도도새가 말했습니다.). 그 다음으로 모두가 그 경주로를 따라 여기저기에 배치되었습니다. '하나, 둘, 셋, 출발!'과 같은 구호는 없었고, 그들은 본인이 원할 때 달리기 시작했고, 본인이 원할 때 언제든지 멈췄기 때문에 경주가 언제 끝났는지를 알기 쉽지 않았습니다. 그렇게 약 30분 정도 달린 후, 모두 완전히 말랐을 때, 도도새는 갑자기 외쳤습니다.

"경주가 끝났습니다!"

모두 도도새 주위에 모여 숨을 헐떡이며 물었습니다.

"그러면 누가 승리했나요?"

이 질문에 대하여 도도새는 많은 생각 없이는 쉽게 대답할 수 없었고, 그래서 도도새는 한 손가락을 이마에 대고 오랜 시간 동안 앉아 있었습니다(셰익스피어 작품 사진에서 자주 볼 수 있는 그런 자세입니다.). 모두는 조용히 기다렸습니다. 마침내 도도새가 말했습니다.

"모든 사람이 승리했고, 그래서 모두에게 상이 주어져야 해요."

"그렇다면 누가 상을 수여하죠?"

여러 목소리가 질문했습니다.

"물론, 저 애지요."

도도새가 한 손가락으로 앨리스를 가리키며 말했습니다.

그러자 모두가 한꺼번에 앨리스 주위에 몰려들어, 혼란스럽게 외쳤습니다.

"상 줘! 상 줘!"

앨리스는 무엇을 해야 할지 전혀 몰랐고, 절망감 속에서 주머니에 손을 넣어 사탕 상자를 꺼냈으며, (다행히도 소금물은 그 안으로 들어가지 않았습니다.) 상으로 나누어 주었습니다. 모두에게 정확히 하나씩 나눠주었습니다.

"그러나 저 아이도 상을 받아야만 해요. 아시죠?"

쥐가 말했습니다.

"물론이죠. 주머니 속에 다른 무엇이 또 있나요?"

도도새는 매우 진지하게 대답했습니다. 그리고 앨리스에게 돌아서며 덧붙였습니다.

"단지 골무 하나."

앨리스는 슬프게 말했습니다.

"내게 넘겨주겠니."

도도새가 말했습니다.

그때 모두가 다시 한 번 앨리스를 에워쌌고, 도도새는 엄숙하게 골무를 전해주며 말했습니다.

"이 세련된 골무를 받아 주시기 바랍니다."

그렇게 짧은 연설이 끝나자 모두가 환호했습니다.

앨리스는 그 모든 것이 너무 터무니없다고 생각했지만, 그들은 모두 너무 심각해 보였기 때문에 앨리스는 웃을 엄두를 내지 못

앨리스가 골무를 보여주고 있습니다

했습니다. 그리고 앨리스는 별다른 할 말을 생각할 수 없어서 단순히 고개를 숙이고, 엄숙하게 보이기 위해 가능한 한 진지한 표정을 지으며 골무를 집어 들었습니다.

다음으로 진행된 것은 사탕을 먹는 것이었습니다. 사탕을 먹는 일로 약간의 소음과 혼란이 발생했고, 큰 새들은 맛을 느낄 수 없을 정도로 너무 적다고 불평하였으며, 작은 새들은 사탕이 목에 걸려서 등을 두드려줘야 했습니다. 그러나 결국 이 모든 것이 끝났고, 그들은 다시 원형으로 둘러앉아 쥐에게 더 많은 이야기를 해달라고 졸라댔습니다.

"내게 네 이야기를 하겠다고 약속했던 것을 알죠?"

앨리스가 말했습니다.

"그리고 왜 고양이와 개를 미워하는지에 대해서도."

앨리스는 조심스럽게 속삭이며 다시 한 번 또 쥐가 화를 낼까 봐 두려워했습니다.

"제 꼬리(tail→tale)는 길고 슬퍼요!"

쥐가 앨리스에게 돌아서며 한숨을 쉬며 말했습니다.

"확실히 긴 꼬리네."

앨리스가 쥐의 꼬리를 아래로 내려다보면서 경이롭게 말했습니다.

"하지만 왜 꼬리가 슬프다는 거지?"

앨리스는 쥐가 말하는 동안에도 계속해서 그것에 대해 궁리하고 있었고, 그래서 그녀가 생각한 이야기는 대략 이랬습니다.

개 퓨리어가 집에서 만난 쥐에게 말했습

니다. "우리 둘 다 법정에 가자. 내가 너

를 고소할 거야. 오, 거절해도 소용없

어. 우리는 재판을 해야 해. 정말로 오

늘 아침에는 내가 할 일이 없어." 쥐

는 그 개에게 대답했습니다. "그런

재판은, 친애하는 개 씨, 배심

원도, 판사도 없는 상태라면 우리

의 시간을 낭비하는 것일 뿐

이야.” “내가 판사가 되고,

배심원도 될 거야.”라고

교활한 개가 말했습

니다. “나는 전체

사건을 심리하

고 너를 사

형에 처

할 것이

야.”

“너는 내가 하는 말을 듣고 있지 않는구나! 도대체 무슨 생각
을 하고 있는 거야?”

쥐가 앨리스에게 엄하게 말했습니다.

“미안. 네 꼬리가 다섯 번 휘어진 것 같은데?”

앨리스가 매우 겸손하게 말했습니다.

“그렇지 않아!”

쥐가 날카롭게 그리고 매우 화나서 외쳤습니다.

“매듭이야!”

항상 남을 돕기를 원했던 앨리스가 안절부절 못하며 주위를
살펴보며 말했습니다.

쥐가 새들과 앨리스에게 이야기를 들려주고 있습니다

"오, 제발 내가 그 매듭을 푸는 데 도와줄게!"

"나는 그런 일을 절대 하지 않을 거야. 너는 그런 터무니없는 말로 나를 모욕하고 있어!"

쥐가 일어나며 걸어가면서 말했습니다.

"그런 뜻이 아니야! 하지만 넌 너무 쉽게 삐치는 거 아니야, 알지!"

불쌍한 앨리스가 애원하며 말했습니다.

쥐는 대답 대신 으르렁거렸습니다.

"제발 돌아와서 네 이야기를 마무리해줘!"

앨리스가 쥐를 뒤따라 외쳤습니다.

"그래, 제발 얘기해 줘!"

다른 모두가 일제히 합창했지만, 쥐는 못 참겠다는 듯이 불만스럽게 고개를 절레절레 저으며 조금 더 빨리 걸어갔습니다.

"아, 안타깝게도 사라져 버렸네!"

앵무새는 시야에서 쥐가 완전히 사라지자마자 한숨을 쉬었습니다.

한 늙은 암게는 그녀의 딸에게 기회다 싶어 말했습니다.

"아, 내 사랑스러운 딸아! 이것이 너에게 절대 성질을 부리지 말라는 교훈이 되기를!"

"입 다물어요, 엄마! 엄마에게 인내할 수 있는 사람은 없어요!"

젊은 게가 조금 짜증을 내며 말했습니다.

"여기 우리 다이너가 있었으면 좋았을 텐데, 정말로! 바로 쥐를 다시 잡아올 텐데."

앨리스는 아무에게도 특별히 말하지 않고 소리쳤습니다.

"물어봐도 괜찮다면, 다이너가 누구야?"

앵무새가 말했습니다.

앨리스는 열정적으로 대답했습니다. 앨리스는 항상 자신의 애완동물인 다이너에 대해 이야기할 준비가 되어 있었기 때문입니다.

"다이너는 나의 암컷 고양이야. 그리고 쥐를 잡는 데 정말 뛰어난 재능을 갖고 있지. 너희들은 상상도 못 할 거야! 아, 너희들이 다이너가 새를 쫓는 모습을 볼 수 있었으면 좋았을 텐데! 왜냐하면 다이너는 새를 보자마자 작은 새 같으면 한 입에 꿀꺽 먹어버릴 수 있거든!"

앨리스의 이 말은 그들에게 놀라운 반향을 일으켰습니다. 몇몇 새들은 즉시 자리를 떠났고, 한 늙은 까치는 매우 조심스럽게 몸을 감싸며 말했습니다.

"나는 정말 집에 가야겠어. 밤공기는 내 목에 좋지 않거든!"

또 한 카나리아 새는 떨리는 목소리로 아기 새들에게 외쳤습니다.

"이리 와, 내 사랑아! 이제 너희들은 모두 잠자리에 들 시간이에요!"

여러 가지 핑계를 대며 모두 떠났고, 앨리스는 이내 혼자가 되었습니다.

"다이너 얘기를 하지 않았더라면 좋았을 텐데!"

앨리스는 슬픔에 차서 혼자 중얼거렸습니다.

"여기 내려오니 아무도 다이너를 좋아하지 않는 것 같네. 내게는 다이너가 세상에서 가장 좋은 고양이라고! 오, 사랑하는 다이너! 내가 너를 다시 볼 수 있을까!"

그리고 여기서 불쌍한 앨리스는 다시 울기 시작했습니다. 매우 외롭고 우울한 기분을 느꼈기 때문입니다. 하지만 잠시 후, 앨리스는 멀리서 발자국 소리가 나는 것을 들었고, 그녀는 간절한 마음으로 쥐가 마음을 바꾸어 이야기를 마치러 돌아올 것이라는 희망을 품으며 고개를 들었습니다.

제04장

작은 빌을 보낸 하얀 토끼

하얀 토끼가 천천히 다시 돌아오고 있었으며, 무언가를 잃어버린 것처럼 주위를 불안하게 살피고 있었습니다. 그리고 토끼가 자신에게 중얼거리는 소리를 들었습니다.

"공작부인! 공작부인! 오, 사랑스러운 발! 오, 내 털과 수염! 공작부인이 나를 처형시킬 거야. 하얀 담비가 하얀 담비인 것처럼 확실해! 나는 도대체 어디에 그것들을 떨어뜨렸을까?"

앨리스는 하얀 토끼가 부채와 흰 아기 가죽장갑 한 쌍을 찾고 있다는 것을 곧바로 알았고, 그녀는 매우 상냥하게 그것들을 찾기 시작했지만, 어디에도 부채와 흰 아기 가죽장갑 한 쌍은 보이지 않았습니다. 앨리스가 눈물의 웅덩이에서 헤엄쳐 나온 이후 모든 것이 변한 것 같았고, 유리 탁자와 작은 문이 있는 큰 복도 또한 완전히 사라져 버렸습니다.

곧 토끼는 무언가를 찾는 듯이 두리번거리는 앨리스를 발견하고는 화난 목소리로 외쳤습니다.

"얘, 메리 앤, 여기서 무엇을 하고 있는 거야? 지금 당장 집으로 돌아가서 장갑과 부채 한 쌍을 가져와! 서둘러!"

앨리스는 너무 겁에 질려서 하얀 토끼가 가리키는 방향으로 즉시 달려갔습니다. 하얀 토끼가 저지른 실수에 대해 설명할 틈도 없었습니다.

'나를 자신의 하녀로 생각하나봐.'

앨리스는 달리면서도 속으로 이렇게 생각했습니다.

"하얀 토끼는 내가 누구인지 알게 되면 얼마나 놀라워할까! 일단은 부채와 장갑을 찾아서 하얀 토끼에게 가져다주는 것이 좋겠군. 물론 내가 그것들을 찾을 수 있다면 말이지."

앨리스가 이렇게 말하며 달려가던 도중에 깔끔한 작은 집을 발견했습니다. 그 집의 문에는 '하얀 토끼'라는 이름이 새겨진 밝은 놋쇠로 만든 문패가 있었습니다. 앨리스는 문을 두드리지 않고 급히 들어가서 계단을 올라갔습니다. 부채와 장갑을 찾기도 전에 진짜 메리 앤을 만날까봐 두려웠습니다. 만난다면 집에서 쫓겨날까봐 염려가 되었기 때문입니다.

앨리스는 자신에게 이렇게 말했습니다.

"하얀 토끼의 말을 듣고 시키는 대로 하는 것이 얼마나 이상한가! 내가 보기에는 다이너까지도 다음번에는 나에게 뭔가를 시킬 것 같은데!"

앨리스는 일어날 수 있는 일들을 상상하기 시작했습니다.

''앨리스 양! 빨리 이리로 오세요. 산책 준비를 하세요!' '잠시 만요, 유모! 나는 쥐가 밖으로 나가지 않도록 쥐구멍을 지키고 있어야 해요.' 다이너가 이렇게 사람들에게 지시하기 시작하면 나는 집에서 쫓겨날 수도 있겠는 걸.'

이때 앨리스는 창가에 탁자가 있는 깔끔한 작은 방으로 들어 갔고, 그 탁자 위에는 (앨리스가 바랐던 대로) 부채와 한 쌍의 작은 흰 아기 가죽장갑이 있었습니다. 앨리스는 부채와 한 쌍의 작은 흰 아기 가죽장갑을 집어 들고 방을 나가려고 하는데, 거울 가까이에 놓여 있는 작은 병에 눈길이 갔습니다. 이번에는 '나를 마셔요'라는 글자가 적힌 표가 없었지만, 앨리스는 그 병의 마개를 열고 입술에 가져다 대었습니다.

"내가 무엇인가를 먹거나 마실 때마다 뭔가 재미있는 일이 일어나거든, 그러니까 이 병이 무엇을 하게 될지 보겠어. 정말 다시 커지고 싶거든. 왜냐하면 나는 정말로 이렇게 작게 있는 것이 너무나 지겹단 말이야!"

앨리스는 혼잣말로 중얼거렸습니다.

실제로 앨리스가 원하는 대로 되었고, 예상한 것보다 훨씬 빨리 일어났습니다. 앨리스가 병의 내용물의 반을 마시기기도 전에, 머리가 천장에 닿는 것을 느꼈고, 목이 부러지지 않도록 쭈그리고 앉아야 했습니다. 앨리스는 서둘러 병을 내려놓으며 혼잣말을 했습니다.

"이것으로 충분해. 더 이상 자라지 않았으면 좋겠어. 현재로서는 문을 통해 밖으로 빠져 나갈 수가 없잖아! 조금만 덜 마셨다면 좋았을 것을!"

안타깝게도 앨리스의 바람은 너무 늦었습니다. 앨리스는 계속 자라났고, 곧 바닥에 무릎을 꿇어야만 했습니다. 또 한 순간이 지나자 더욱 공간이 부족해졌습니다. 앨리스는 한 팔꿈치를 문에 기대고 다른 팔을 머리 위에 감싸며 누워보았습니다. 그럼에도 불구하고 계속 자랐고, 마지막 수단으로 한 팔을 창밖으로 내밀고 한 발을 굴뚝에 올리며 스스로에게 이렇게 말했습니다.

"이제 나는 더 이상 아무것도 할 수가 없어. 과연 나는 이제 어떻게 될까?"

앨리스가 너무 커져서 하얀 토끼의 집에 갇혀 있습니다

　다행히도 이제 작은 마법의 병의 효과가 모두 끝났는지, 앨리스는 더 이상 커지지 않았습니다. 하지만 여전히 몸은 매우 불편했고, 방에서 다시는 빠져 나올 수 있는 가능성이 없어 보였습니다. 그래서 앨리스가 불행한 기분을 느끼는 것은 놀라운 일도 아니었습니다.

　'집에 있는 것이 훨씬 더 즐거웠어.'

　불쌍한 앨리스는 생각했습니다.

　'한 번도 항상 커졌다가 작아지지도 않고, 쥐와 토끼의 지시도 받지 않았지. 나는 이 토끼 굴로 내려오지 않는 게 좋았을 뻔했어. 하지만…하지만…하지만…. 그렇더라도 이런 인생도 좀 재미있긴 해! 앞으로 나에게 무슨 일이 일어날 지 정말 궁금해! 동화에서나 읽었던 일들은 나에게는 결코 일어나지 않는다고 상상했는데, 나는 지금 동화 속의 한가운데에 있잖아! 나에 대해 쓰여진 책이 있어야 해. 마땅히 있어야 한다고! 그리고 내가 어른이 되면 책 한 권을 꼭 쓸 거야, 나는 이제 어른처럼 커졌는걸.'

　앨리스는 혼잣말로 중얼거렸습니다.

　"적어도 여기에서는 더 이상 자랄 자리가 없어."

　앨리스는 슬픈 투로 덧붙였습니다.

　그러나 그때 앨리스는 생각했습니다.

　'그러면 나는 지금보다 더 늙지 않을까? 그것은 한편으로는 위안이 될 거야. 결코 할머니가 되지 않는 것이니까. 하지만 그러면 언제까지나 공부를 해야 한다는 얘기잖아! 아, 공부를 한다는 건

고맙지 않을 것 같은데!'

"오, 이 어리석은 앨리스! 여기서 어떻게 공부를 할 수 있지? 너 하나만으로도 방이 꽉 차서, 어떤 교과서도 들어갈 자리가 전혀 없잖아!"

앨리스는 혼잣말로 대답했습니다.

그래서 앨리스는 계속해서 한쪽을 들었다가 다른 쪽을 들으며, 전체적으로 꽤 많은 스스로와의 대화를 나누었습니다. 그러나 얼마 후, 밖에서 나는 목소리를 듣고 귀를 기울였습니다.

"메리 앤! 메리 앤! 지금 당장 내 장갑을 가져다 줘!"

어떤 목소리가 말했습니다.

그러자 계단에서 작은 발걸음 소리가 들려왔습니다. 앨리스는 그것이 그녀를 찾으러 오는 하얀 토끼임을 알았습니다. 앨리스는 떨리기 시작했습니다. 앨리스가 얼마나 떨었던지 집도 흔들렸을 정도였습니다. 앨리스는 이제 하얀 토끼보다 약 천 배는 더 커진 상태임을 완전히 잊고 있었습니다. 즉 이제는 하얀 토끼를 두려워해야 할 만한 존재라는 이유가 전혀 없었습니다.

하얀 토끼가 이제 막 문에 다가와 열어보려고 했지만, 문이 안쪽으로 열리는 문이기 때문에 앨리스의 팔꿈치가 문에 단단히 눌려 있어서 열 수가 없었습니다. 앨리스는 하얀 토끼가 혼잣말로 말하는 것을 들었습니다.

"그럼 돌아가서 창문으로 들어가야겠군."

앨리스는 생각했습니다.

'네가 원하는 대로 되지는 않을걸!'

토끼가 창문 바로 아래에 있는 듯하자 잠시 기다린 후, 갑자기
손을 펼치고 공중에서 잡으려 했습니다.

앨리스가 손을 펼쳐 하얀 토끼를 잡으려 하고 있습니다

아무것도 잡지 못했지만, 작고 날카로운 비명 소리와 함께 하

얀 토끼가 떨어지는 소리와 유리 조각이 깨지는 요란한 소리를 듣고, 앨리스는 하얀 토끼가 오이를 키우는 유리 온실이나 그 비슷한 곳에 떨어졌을 거라고 생각했습니다. 이내 화난 목소리가 들렸습니다. 그것은 하얀 토끼의 목소리였습니다.

"팻! 팻! 너 어디에 있니?"

그러자, 앨리스가 이전에 들어본 적이 없는 새로운 목소리가 들렸습니다.

"저기 여기 있습니다! 사과를 캐고 있었습니다. 주인님!"

"정말로 사과를 캐고 있었어!"

하얀 토끼가 화를 내며 말했습니다.

"여기! 이리 와서 날 좀 꺼내 줘!"(더 많은 유리 깨지는 소리)

"팻, 내게 말 좀 해봐, 저 창문에 있는 게 뭐야?"

"물론, 그것은 파알입니다, 주인님!"(팻은 팔을 "파알"이라고 발음했습니다.)

"팔, 이 바보야! 누가 저렇게 큰 팔을 본 적이 있어? 정말, 창문 전체를 가득 채울 정도로 크잖아!"

"물론 그렇지만요, 주인님. 하지만 그래도 여전히 팔이라니까요."

"음, 어쨌든 그곳에 있어서는 안 돼. 가서 치워!"

이후 한동안 긴 침묵이 흘렀고, 앨리스는 이제 가끔씩 속삭이는 소리만 들을 수 있었습니다.

"저는 전혀 마음에 내키지 않아요, 주인님!"

"내가 시키는 대로 해, 겁쟁이야!"

마지막으로 앨리스는 다시 손을 펼치고 공중에서 또다시 손을 뻗었습니다. 이번에는 두 개의 작은 비명 소리가 들렸고 유리 깨지는 소리가 더 크게 들렸습니다.

'얼마나 많은 오이 키우는 유리 온실이 있는 걸까! 다음에는 무엇을 할지 궁금하네! 나를 창문 밖으로 끌어내 준다면 더 이상 바랄 게 없는데, 그들이 그렇게 할 수 있었으면 좋겠어! 나는 더 이상 여기 남아있고 싶지 않거든!'

앨리스는 생각했습니다.

앨리스는 더 이상의 소리를 듣지 못한 채로 잠시 기다렸습니다. 결국 작은 수레바퀴가 구르는 소리와 여러 사람의 목소리가 함께 들려왔습니다. 앨리스는 다음과 같은 말을 들었습니다.

"다른 사다리는 어디 있지?"

"하나는 가져왔지만, 빌이 다른 것을 가지고 있어."

"빌! 사다리 가져다 줘, 친구야!"

"여기에 이쪽 모서리에 놔."

"아니, 먼저 묶어야 해."

"아직 절반도 안 닿았어."

"오! 이젠 충분해. 너무 신경 쓰지 마."

"여기, 빌! 이 밧줄을 잡아."

"지붕이 지탱할 수 있을까?"

"그 엉성한 석판 조심해."

"오, 떨어질 것 같아! 아래 머리들 조심!(큰 폭발음)"

"자, 누가 그런 짓을 했지?"

"빌이 한 것 같아."

"누가 굴뚝으로 내려가야 하지?"

"아니, 나는 안 해! 네가 해!"

"그건 내가 하지 않을 거야!"

"빌이 내려가야 해."

"여기, 빌! 주인님이 너에게 굴뚝으로 내려가라고 하신다!"

앨리스는 혼자 중얼거렸습니다.

"아! 그러니까 빌이 굴뚝을 타고 내려와야 한다는 거군? 부끄럼이 많은 것 같아, 그들은 모든 것을 빌에게 떠넘기려고 하네! 나는 빌의 입장이 되고 싶지 않아. 이 벽난로는 좁기는 하지만, 조금은 발차기를 할 수 있다고 생각해!"

앨리스는 자신의 발을 굴뚝 안쪽으로 가능한 한 멀리 쭉 뻗었고, 그 위쪽에서 작은 동물(앨리스가 어떤 종류의 동물인지 추측할 수 없었던)이 굴뚝 벽을 긁고 기어 다니는 소리를 들을 때까지 기다렸습니다.

그 후, 앨리스는 혼잣말을 했습니다.

"이것은 빌이다."

앨리스는 한 번 날카롭게 발길질을 하고, 다음에 어떤 일이 일어날 지 지켜보았습니다.

앨리스가 처음으로 들은 것은 합창 소리였습니다.

"저기 빌이 간다!"

그 다음에는 하얀 토
끼의 목소리가 이어졌습
니다.

"울타리 옆에 있는 너
희들, 빌을 잡아!"

그러고 나서 침묵이
흘렀고, 또 다른 혼란스
러운 목소리들이 이어졌
습니다.

"빌의 머리를 떠받쳐."

"이제 브랜디를 좀 먹
여봐."

"빌이 숨 막히지 않게
조심해!"

"어땠어, 친구? 무슨
일이 있었어? 우리에게
자세히 이야기해줘!"

마지막으로 약하고 삐
걱거리는 목소리가 들렸
습니다.

('저게 빌이구나.' 앨리스는 생각했습니다.)

"저기 빌이 간다!"

"음, 잘 모르겠지만 이제는 괜찮아요. 지금은 나아졌지만, 말씀 드리기에는 너무 당황스러워요."

"제가 아는 것은, 뭔가가 저를 향해 다가왔고, 저는 하늘로 솟아오르는 불꽃놀이처럼 올라갔다는 것이에요!"

"그래서 네가 그렇게 했다니까, 친구!"

다른 목소리들이 말했습니다.

"우리는 집을 불태워야 해!"

하얀 토끼의 목소리가 들렸습니다. 그리고 앨리스는 가능한 한 크게 외쳤습니다.

"만약 그렇게 한다면, 나는 다이너를 네 앞에 풀어놓을 거야."

곧 쥐죽은 듯한 침묵이 감돌았고, 앨리스는 속으로 생각했습니다.

'그들이 다음에 무엇을 할지 궁금하군! 만약 그들이 조금이라도 상식이 있다면, 지붕을 떼어낼 텐데.'

잠시 시간이 지나고, 그들은 다시 움직이기 시작했고, 앨리스는 하얀 토끼가 말하는 것을 들었습니다.

"우선 처음에는 손수레 한 대면 충분할 거야."

'무슨 손수레?'

앨리스는 생각했지만, 의심할 시간이 그리 많지 않았습니다. 다음 순간, 작은 자갈들이 창문으로 쏟아져 들어왔고, 그 중 일부가 앨리스의 얼굴을 때렸습니다.

"이제 그만하게 해야 해."

앨리스는 혼잣말을 했습니다.

"다시는 그러지 않는 게 좋을 거야!"

앨리스는 외쳤습니다. 그러자 또다시 주위는 쥐죽은 듯한 침묵이 흘렀습니다.

앨리스는 바닥에 놓인 자갈들이 모두 작은 케이크로 변하고 있다는 사실에 약간 놀라워했고, 그 순간 좋은 생각이 떠올랐습니다.

'이 케이크 중 하나를 먹으면, 내 몸 크기에 분명 변화가 생길 거야. 더 이상 커질 수 없으니, 아마 작아질 수밖에 없을 것 같은데.'

앨리스는 생각했습니다.

그래서 앨리스는 케이크 중 한 조각을 먹었고, 곧바로 몸이 줄어드는 것을 알고 크게 기뻐했습니다. 앨리스는 문을 통과할 만큼 작아지자마자, 빠르게 집을 나와 문 밖에서 대기하고 있는 여러 작은 동물들과 새들 사이로 달려 나갔습니다. 불쌍한 작은 도마뱀 빌은 가운데서 두 마리의 기니피그에게 의지해 있었으며, 그들은 빌에게 병에서 무언가를 주고 있었습니다. 앨리스가 모습을 드러내자마자 모두 앨리스에게 달려들었습니다. 앨리스는 가능한 한 빨리 도망쳤고, 곧 빽빽한 숲에 들어선 다음에야 안도의 한숨을 내쉬었습니다.

앨리스는 숲 속을 헤매면서 자신에게 이렇게 말했습니다.

"내가 가장 먼저 해야 할 일은 다시 정상적인 크기로 돌아가는 것이고, 두 번째로 해야 할 일은 그 아름다운 정원으로 가는 길을 찾아야 해. 이것이 가장 좋은 계획이야."

의심할 여지없이 그것은 훌륭한 계획처럼 보였고, 매우 깔끔하고 간단하게 정리되어 있었습니다. 유일한 단점은 앨리스가 어떻게 시작해야 할지 전혀 알지 못한다는 점이었습니다. 앨리스가 나무들 사이에서 걱정스레 주위를 살피고 있을 때, 머리 위에서 짧고 날카로운 개가 짖는 소리가 나자 급히 고개를 들어 쳐다보았습니다.

거대한 강아지가 크고 둥근 눈으로 앨리스를 내려다보며, 한 발을 살짝 뻗어 닿으려고 하고 있었습니다.

"가여운 아기 강아지!"

앨리스는 달래는 듯한 투로 말하며, 커다란 강아지에게 휘파람을 불기 위해 열심히 노력했습니다. 그러나 앨리스는 거대한 강아지가 배가 고플 것이라는 생각이 들자 두려워하고 있었습니다. 그런 경우, 어떤 달래는 방법이라도 무시당하고 강아지가 앨리스를 먹어치울 가능성이 매우 높을 것이기 때문입니다.

앨리스는 자기가 무엇을 하고 있는지도 모른 채, 작은 나뭇가지를 집어 들고 강아지에게 내밀었습니다. 그러자 강아지는 기뻐 날뛰며 모든 발로 공중으로 뛰어올라 나뭇가지로 달려가서 그것을 물어보려고 했습니다. 그리고 앨리스는 커다란 강아지의 다른 발에 짓밟히지 않도록 큰 엉겅퀴 뒤로 몸을 숨겼습니다. 앨리스가 다른 쪽에서 모습을 드러내자 강아지는 다시 나뭇가지를 향

커다란 강아지가 작은 앨리스를 내려다보고 있습니다

해 뛰어들었고, 그것을 잡으려고 서두르던 중에 머리를 앞으로 구르며 넘어졌습니다. 그러자 앨리스는 마치 마구간의 말과 놀이를 하는 것 같다는 생각이 들었고, 매 순간 커다란 강아지의 발에 깔릴까 봐 두려워하며 다시 엉겅퀴 주변을 돌아야만 했습니다. 그러자 강아지는 나뭇가지를 향해 짧게 몇 번 충돌하면서 매번 조금 앞으로 뛰고 많이 뒤로 물러나며 계속해서 거칠게 짖었습니다. 결국 강아지는 먼 거리에 주저앉아서 헐떡이며 혀를 내밀고 큰 눈을 반쯤 감은 채로 있었습니다.

지금이 앨리스에게 탈출할 좋은 기회였습니다. 그래서 앨리스는 즉시 출발했고, 매우 피곤하고 숨이 가쁘도록 빠르게 달렸으며, 멀리서 강아지의 짖는 소리가 점점 희미해질 때까지 달렸습니다.

"그렇지만 정말로 사랑스러운 작은 강아지였어!"

앨리스가 미나리아재비에 기대어 쉬면서 말했습니다. 동시에 미나리아재비의 잎사귀 중 하나로 연신 부채질을 하였습니다.

"내가 그 강아지를 가르칠 수 있는 적당한 크기였다면, 강아지에게 다양한 재주를 가르칠 수 있었을 텐데! 오, 안 돼! 나는 다시 원래대로 커져야 한다는 것을 잊고 있었네! 잠시만 생각해보자. 어떻게 해야 할까? 무엇인가를 먹거나 마셔야 할 것 같은데, 뭘 먹어야 하지?"

과연 가장 큰 문제는 무엇을 먹느냐 인 것 같은데. 앨리스는 꽃들과 풀잎들을 둘러보았으나, 주어진 상황에서 먹거나 마시기에 적합한 것이 보이지 않았습니다. 앨리스는 바로 근처에 그녀와 같은 높이의 큰 버섯이 자라고 있는 것을 보았습니다. 앨리스는 큰 버섯의 아래와 양옆, 그리고 뒤를 살펴본 후, 그 위에 무엇이 있는지 확인해 보아야겠다는 생각이 들었습니다.

앨리스는 발뒤꿈치 끝을 세우고 몸을 쭉 뻗어 큰 버섯의 가장자리를 살펴보았습니다. 그 순간 앨리스의 눈은 팔짱을 끼고 조용히 긴 물 담뱃대로 담배를 피우고 있는 큰 파란색 애벌레와 마

주쳤습니다. 애벌레는 앨리스나 다른 어떤 것에도 전혀 신경을 쓰
지 않았습니다.

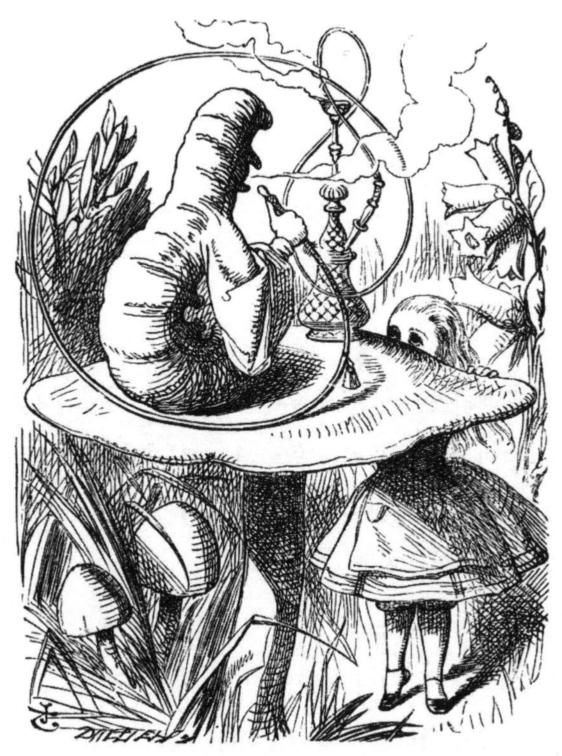

앨리스의 눈은 큰 파란색 애벌레와 마주쳤습니다.

제05장

애벌레의 조언

애벌레와 앨리스는 한동안 무언의 대화를 나누며 서로를 바라보았습니다. 마침내 애벌레는 입에서 물 담뱃대를 빼고 느릿느릿하고 졸린 목소리로 앨리스에게 말을 걸었습니다.

"넌 누구니?"

애벌레가 말했습니다.

이 대화의 시작은 그다지 도움이 되는 것이 아니었습니다. 앨리스는 다소 수줍어하며 대답했습니다.

"저는, 지금 현재로서는 거의 잘 모르겠어요. 적어도 오늘 아침에 일어났을 때만 해도 저를 알고 있었지만, 그 이후로는 몇 번이나 변한 것 같다고 생각하거든요."

"그게 무슨 뜻이지? 제대로 설명해 봐!"

애벌레가 엄숙하게 말했습니다.

"저는 제 자신을 설명할 수 없을 것 같아요. 왜냐하면 저는 제가 아니니까요. 아시겠어요?"

앨리스가 말했습니다.

"뭔 소린지 알 수가 없다."

애벌레가 말했습니다.

"제대로 말씀드릴 수 없어 유감이에요. 저 자신도 처음부터 이해하지 못하고 있거든요. 하루에도 이렇게 여러 번 제 몸이 커졌다 작아졌다를 반복하니 매우 혼란스럽거든요."

앨리스가 매우 정중하게 대답했습니다.

"그렇지 않아."

애벌레가 말했습니다.

"음, 아마도 애벌레님은 아직 그것을 알아차리지 못했을 거예요. 하지만 애벌레님이 나비로 변하기 위해 번데기로 변해야 할 때―언젠가는 그렇게 될 것입니다. 아시죠?―번데기로 변했다가 그 후 다음에 나비로 변한다면, 애벌레님은 조금은 당황스럽게 느낄 것이라고 생각하는데요. 그렇지 않나요?"

앨리스가 말했습니다.

"전혀 그렇지 않아."

애벌레가 말했습니다.

"아마도 애벌레님의 감정은 다를 수 있겠지만, 제가 아는 한 저에게는 그것이 매우 당황스럽게 느껴지거든요."

앨리스가 말했습니다.

"너! 너는 누구냐니까?"

애벌레가 경멸하듯 말했습니다.

그들의 대화는 다시 대화의 시작으로 되돌아가 버렸습니다. 앨리스는 애벌레가 그렇게 짧게 말하는 것에 약간 불쾌감을 느꼈고, 자세를 바로잡고 매우 엄숙하게 말했습니다.

"우선, 애벌레님이 누구인지 말씀해 주셔야 한다고 생각해요."

"왜지?"

애벌레가 말했습니다.

또 다른 혼란스러운 질문이었습니다. 앨리스는 어떤 좋은 이유를 생각할 수 없었고, 또 애벌레의 마음이 매우 불유쾌한 것 같아 고개를 돌려 외면했습니다.

"돌아 봐봐! 너에게 중요한 할 말이 있어!"

애벌레가 앨리스에게 외쳤습니다.

확실히 뭔가 조짐이 좋게 들렸습니다. 그래서 앨리스는 다시 돌아섰습니다.

"화를 내지 마."

애벌레가 말했습니다.

"그게 다 인가요?"

앨리스는 최대한 자신의 분노를 억누르며 말했습니다.

"아니."

애벌레가 말했습니다.

앨리스는 할 일도 없었기 때문에 기다리는 것도 좋겠다고 생각했으며, 어쩌면 결국 애벌레로부터 도움이 될 만한 이야기를 들을 수 있을 것이라고 생각했습니다. 얼마 동안 애벌레는 아무 말 없이 물 담배만 뻐끔뻐끔 피우다가, 마침내 팔을 걷어붙이고 다시 물 담뱃대를 입에서 떼어내며 말했습니다.

"그래서 너는 네가 변했다고 생각하는구나, 그렇지?"

"저는 그렇게 생각해요. 저는 예전처럼 기억도 잘 하지 못하고, 제 몸을 같은 크기로 10분도 유지할 수가 없어요!"

앨리스가 말했습니다.

"무엇을 기억하지 못하는데?"

애벌레가 말했습니다.

"음, 저는 '부지런한 꼬마 벌'을 외워서 말해 보려고 했는데, 모든 것이 다르게 말이 되더라고요!"

앨리스는 매우 우울한 목소리로 대답했습니다.

"그럼 '아버지 윌리엄'을 외워 봐."

애벌레가 말했습니다.

앨리스는 손을 모으고 '아버지 윌리엄'을 외워서 말하기 시작했습니다.

"늙으신, 윌리엄 아버지." 젊은 아들이 말했습니다.

"머리는 매우 하얗게 변했네요.

그럼에도 불구하고 끊임없이 물구나무를 서고 있으니

아버지의 나이에 그것이 올바른 일이라고 생각하시나요?"

월리엄 아버지가 물구나무를 서고 있습니다

"내가 젊었을 땐," 아버지 윌리엄이 아들에게 대답했습니다.
"나는 뇌에 해를 끼칠까봐 두려웠어.
하지만 이제 나는 내가 전혀 뇌가 없다는 것을 알게 되었으니,
이렇게 계속해서 하게 된단다."

"늙으신, 윌리엄 아버지." 젊은 아들이 말했습니다.
"제가 이전에도 말씀드렸듯이,
아버지는 너무 살이 많이 찌셨어요.
그런데 아버지는 뒤로 공중제비를 돌며 들어오시고 있어요.
제발, 그 이유가 뭔지 말씀해 주실 수 있나요?"

월리엄 아버지가 뒤로 공중제비를 돌며 들어오고 있습니다

"내가 젊었을 땐," 현자는 그의 회색 머리카락을
흔들며 말했습니다.
"나는 한 통에 1실링 하는 연고를 사용하여
사지를 매우 유연하게 유지했단다.
너도 몇 통 사겠니?"

"늙으신, 월리엄 아버지." 젊은 아들이 말했습니다.
"아버지의 턱은 너무 약해서 쇠기름 푸딩 같은 것 말고는
어떤 것도 드시기 힘들잖아요.
그런데 뼈와 부리를 포함한 거위의 모두를 끝까지 드셨어요.
정말, 어떻게 그렇게 드실 수 있었나요?"

월리엄 아버지가 거위를 통째로 모두 먹어버렸습니다

"내가 젊었을 땐," 아버지 월리엄이 아들에게 대답했습니다.

"나는 법에 빠져있어서 네 엄마와 함께

각 사건들에 대해 언쟁을 했었지.

그래서 내 턱에 튼튼한 근력이 유지 되서

지금까지 지속되었던 것이란다."

"늙으신, 월리엄 아버지." 젊은 아들이 말했습니다.

"아무도 아버지의 눈이 예전처럼 안정적이라고 생각하지 않아요.

그런데 아버지의 코끝에 뱀장어를 올려놓고

균형을 잡고 있으시네요.

어떻게 그렇게 놀라운 재주를 부리실 수 있으신가요?"

윌리엄 아버지가 코에 장어를 올려놓고 균형을 잡고 있습니다

"나는 세 가지 질문에 답을 했고, 그것으로 충분하지."

그의 아버지가 말했습니다.

"허풍 떨지 마!

내가 하루 종일 그런 걸 듣고 있을 것 같아?

꺼져버려, 안 그러면 계단 아래로 걷어차 버릴 거야!"

"제대로 말하지 못했어."

애벌레가 말했습니다.

"정확하지 않은 것 같아요. 몇몇 단어가 바뀌어 버렸어요."

앨리스가 조심스럽게 말했습니다.

"처음부터 끝까지 모두 제대로 말하지 못했어."

애벌레가 단호하게 말했습니다. 그리고 얼마간 침묵이 흘렀습니다.

애벌레가 먼저 말하기 시작했습니다.

"얼마만큼의 크기가 되고 싶은 건데?"

애벌레가 물었습니다.

"아, 저는 크기에 대해 특별히 신경 쓰지는 않아요. 그저 자주 바꾸는 것은 좋아하지 않거든요."

앨리스가 서둘러 대답했습니다.

"난 모르겠다."

애벌레가 말했습니다.

앨리스는 아무 말도 하지 않았습니다. 앨리스는 지금껏 이렇게까지 반박당한 적이 없었기 때문에, 점점 화가 치밀어 오르기 시작했습니다.

"지금 상태는 만족하니?"

애벌레가 말했습니다.

"글쎄요, 괜찮으시다면 저는 좀 더 컸으면 좋겠어요. 7.5센티미터 정도는 너무 형편없는 키잖아요."

앨리스가 말했습니다.

"그 키는 정말로 매우 좋은 높이인데!"

애벌레가 화를 내며 말하면서 몸을 곧게 세웠습니다(애벌레의 키는 확실히 7.5센티미터 정도였습니다.).

"하지만 저는 이게 익숙하지 않아요!"

불쌍한 앨리스가 애절한 목소리로 간청했습니다.

그리고 앨리스는 생각했습니다.

'이 생물들이 그렇게 쉽게 기분이 상하지 않아야 할 텐데!'

"시간이 지나면 익숙해질 거야."

애벌레가 말하며, 물 담뱃대를 입에 물고 다시 담배를 피우기 시작했습니다.

앨리스는 이번에는 애벌레가 다시 말하기를 인내심을 가지고 기다렸습니다. 얼마 지나지 않아 애벌레는 입에서 물 담뱃대를 떼고 한두 번 하품을 하며 몸을 흔들었습니다. 그런 다음 버섯에서 내려와 풀 속으로 기어 지나가면서 단지 이렇게 말했습니다.

"한쪽은 네 키가 더 커지게 할 것이고, 다른 쪽은 더 작아지게 할 거야."

'어떤 한쪽? 다른 한쪽?'

앨리스는 생각했습니다.

"버섯 말이야."

애벌레가 말하며 마치 앨리스가 소리 내어 질문한 것에 대한 대답처럼 보였습니다. 그리고는 순간 시야에서 사라졌습니다.

앨리스는 버섯을 한 동안 사색에 잠긴 채로 바라보면서, 그 양면이 어디인지 알아내려고 노력했습니다. 그러나 버섯은 완전히 둥글었기 때문에 앨리스는 이것이 매우 어려운 문제라는 것을 깨달았습니다. 그러나 결국 앨리스는 손이 닿는 곳까지 팔을 뻗어 양쪽 가장자리의 한 조각씩을 억지로 뜯어냈습니다.

"그래서 이제 무엇이 어느 쪽이지?"

앨리스는 혼잣말하며 오른손 쪽의 버섯 조각을 조금 물어뜯어 먹어 보았습니다. 그러자 다음 순간 앨리스는 턱 밑에 강한 충격을 느꼈습니다. 그것은 앨리스의 발이 턱에 달라붙은 것이었습니다!

앨리스는 이 매우 갑작스러운 변화에 상당히 두려움을 느꼈지만, 몸이 빠르게 줄어들고 있었기 때문에 지체할 시간이 없다는 것을 느꼈습니다. 그래서 앨리스는 즉시 다른 왼손 쪽의 버섯 조각을 먹으려고 했습니다. 앨리스의 턱은 발에 아주 밀착되어 있어서 입을 벌릴 만한 공간이 거의 없었지만, 결국 입을 열어 왼쪽의 버섯 한 조각을 삼키는 데 성공했습니다.

*　*　*　*　*　*　*

*　*　*　*　*　*

*　*　*　*　*　*　*

"와, 드디어 머리가 자유로워졌다!"

앨리스는 기쁜 목소리로 말했습니다만, 이내 앨리스의 어깨가 보이지 않자 기쁨이 금세 놀라움으로 바뀌었습니다. 그래서 아래를 내려다보니 앨리스가 볼 수 있었던 것은 거대한 목뿐이었습니다. 앨리스의 목은 아래의 바다처럼 넓게 펼쳐진 푸른 잎사귀들 속에서 나무줄기처럼 솟아올라 보였습니다.

"저 초록색 물체들은 무엇이
지?"

앨리스가 말했습니다.

"내 어깨는 어디에 있지? 아,
내 불쌍한 손들, 왜 내 손을 볼
수 없는 걸까?"

앨리스는 말을 하면서 손을
움직였지만, 멀리 있는 푸른 잎
사귀들 사이에서 약간의 흔들
림만 있을 뿐 아무런 결과가 따
르지 않았습니다.

앨리스는 손이 머리 위로 올
라갈 가능성이 없어 보였기 때
문에, 머리를 손 쪽으로 낮춰보
려고 했습니다. 앨리스는 자신

앨리스의 목이 길게 늘어났습니다

의 목이 뱀처럼 어느 방향으로든 쉽게 구부러질 수 있다는 것을
알고는 매우 기뻤습니다. 방금 우아하게 지그재그로 머리를 구부
리는 데 성공한 앨리스는 잎들 사이로 머리를 밀어 넣었고, 그곳
이 방황하던 나무의 꼭대기였던 것을 알았을 때, 어디선가에서
날카로운 '쉿' 소리가 나서 앨리스는 급히 뒤로 물러섰습니다. 큰
비둘기 한 마리가 앨리스의 얼굴로 날아 들어와 날개로 얼굴을
맹렬하게 때리고 있었습니다.

"이 커다란 뱀아!"

비둘기가 소리쳤습니다.

"나는 뱀이 아니야! 나를 내버려 둬!"

앨리스가 화를 내며 말했습니다.

"뱀, 뱀이야!"

비둘기는 더 낮은 목소리로 반복하며, 일종의 흐느낌처럼 덧붙였습니다.

"나는 모든 방법을 다 시도해 봤지만, 맞는 것은 없는 것 같아!"

"당신이 무슨 말을 하고 있는 건지 전혀 모르겠어요."

앨리스가 말했습니다.

"나는 나무의 뿌리를 시도해 보았고, 강둑을 시도해 보았으며, 울타리도 시도해 보았다고."

비둘기는 앨리스를 전혀 신경 쓰지 않고 계속 말했습니다.

"하지만 그 뱀들! 그들을 만족시키는 것은 불가능해!"

앨리스는 점점 더 혼란스러워했지만 비둘기가 말을 끝낼 때까지는 더 이상 말을 할 필요가 없다고 생각했습니다.

"알을 부화시키는 것만으로도 충분히 힘들어 죽겠는데, 밤낮으로 뱀까지 경계를 해야 하다니! 그 놈의 뱀들 때문에 2~3주 동안 한 순간도 눈을 붙이지 못했다니까!"

비둘기가 말했습니다.

"그렇게나 고생을 했다니 정말 안됐네요."

앨리스가 말하며 비둘기가 지금껏 말한 뜻을 조금씩 이해하기 시작했습니다.

"내가 숲 속에서 가장 높은 나무에 올라 둥지를 만들고 알을 낳았을 때만 해도, 마침내 뱀들로부터 자유로워질 수 있겠다고 생각했는데, 이놈의 뱀들이 하늘에서까지 기어 내려오다니! 우웩, 뱀!"

비둘기가 목소리를 높이며 외쳤습니다.

"그렇지만 나는 뱀이 아니라고, 말했잖아! 나는…나는….'

앨리스가 말했습니다.

"그러면! 너는 뭔데? 네가 뭔가 수작을 부리려고 하는 것 같은데!"

비둘기가 말했습니다.

"난, 나는 어린 여자 아이야."

앨리스는 그날 겪었던 여러 다양한 일들을 떠올리며 다소 애매한 목소리로 말했습니다.

"아주 그럴듯한 이야기야! 나는 그동안 어린 여자 아이들을 많이 보았지만, 너처럼 목이 긴 여자 아이는 본 적이 없어! 아니 아니야! 넌 뱀이야. 그리고 아무리 부정해도 소용없어. 다음에는 알을 맛본 적이 없다고 말하게 될 것 같으니까!"

비둘기는 가장 경멸하는 투로 말했습니다.

"나는 알을 먹어 본 적이 있어. 확실해. 하지만, 어린 여자 아이들도 뱀만큼 알을 많이 먹는다는 걸 알잖아."

아주 정직한 여자 아이인 앨리스가 말했습니다.

"믿기지 않아. 하지만 만약 그렇다면, 그들은 뱀의 일종이나 마찬가지야. 그게 내가 말할 수 있는 전부거든."

비둘기가 말했습니다.

비둘기의 이 말은 앨리스에게 너무나 충격적인 새로운 생각이여서 잠시 동안 완전히 침묵에 빠졌습니다. 이는 비둘기에게 추가적으로 말을 할 수 있는 기회를 준 것이었습니다.

"넌 알을 찾고 있는 거지, 나는 그걸 잘 알고 있어. 그리고 네가 어린 여자 아이인지 뱀인지가 나와 무슨 상관이야?"

"그건 나에게 아주 중요해. 하지만 난 무슨 일이 있어도 알을 찾고 있던 것은 아니야. 설사 내가 알을 찾고 있었더라도, 너의 알을 원하지는 않아. 나는 날로 된 알을 좋아하지 않거든."

앨리스가 서둘러서 말했습니다.

"그럼, 가버려!"

비둘기가 불만스러운 목소리로 말하며 다시 둥지로 내려앉았습니다. 앨리스는 나무들 사이에서 최대한 쪼그리고 앉았지만, 그녀의 목이 나뭇가지에 걸리면서 계속 엉켜서, 이따금씩 멈춰서 엉킨 목을 풀어줘야만 했습니다. 어느 정도 시간이 지나자 앨리스는 여전히 자기의 손에 버섯 조각이 있다는 것을 기억했고, 아주 조심스럽게 먼저 버섯 조각을 하나 베어 물고, 그런 다음 다른 손쪽 버섯 조각 하나를 먹으면서 가끔씩 커지기도 하고 가끔씩 작아지기도 하며, 결국에는 자신의 보통 키로 돌아오는 데 성공했습니다.

앨리스가 적당한 크기라는 느낌을 받은 지가 너무 오래되었던 지라 처음에는 꽤 이상하게 느껴졌지만, 얼마 지나지 않아 그 느낌에 익숙해졌고, 평소처럼 혼잣말을 하며 걷기 시작했습니다.

"자, 이제 내 계획의 절반은 끝났어! 이 모든 변화가 얼마나 혼란스러운지! 나는 매 순간 어떤 모습이 될지 결코 확신할 수 없어! 하지만 이제 제 크기로 돌아왔으니까 다음 목표는 저 아름다운 정원에 들어가는 거야. 어떻게 해야 할까, 어떻게 들어가지?"

앨리스가 이렇게 말하자, 갑자기 약 1.2미터 높이의 작은 집이 있는 탁 트인 장소에 도착했습니다.

'저기 사는 사람은 누구일까, 이 크기로 그들에게 다가가면 안 돼. 그들을 겁먹게 만들 테니까!'

앨리스는 생각했습니다.

그래서 그녀는 다시 오른쪽의 버섯 조각을 먹기 시작했고, 자신의 키가 23센티미터 정도로 줄어들 때까지는 그 작은 집 근처에 가기를 주저했습니다.

제06장

돼지와 후추

잠시 동안 앨리스는 그 집을 바라보며 다음에 무엇을 할지 고민하고 있었는데, 갑자기 제복을 입은 하인이 숲에서 뛰쳐나왔습니다(앨리스는 그가 제복을 입고 있어서 하인이라고 생각했지만, 얼굴만 보고 판단했다면 그를 물고기라고 불렀을 것입니다.). 그리고 그는 주먹으로 문을 세게 두드렸습니다. 문은 또 다른 제복을 입은 하인이 열었으며, 그는 둥그런 얼굴에 개구리처럼 큰 눈을 가졌습니다. 앨리스는 둘 다 머리 전체에 곱슬곱슬한 머리에 가루가 묻어 있다는 것을 알았습니다. 앨리스는 이 모든 것이 무엇인지 매우 궁금해져서 조금 숲에서 나와서 무슨 얘기들을 하는지 들어보기로 했습니다.

물고기 얼굴에 양복을 입은 하인은 팔 아래에서 자신만큼이나 큰 편지를 꺼내어 개구리 얼굴에 양복을 입은 하인에게 건네

주며, 엄숙한 목소리로 말했습니다.

"공작부인께. 여왕님의 크로켓 초대장입니다."

개구리 얼굴에 양복을 입은 하인은 같은 엄숙한 목소리로, 단어의 순서만 약간 바꾸어 반복했습니다.

"여왕님으로부터. 공작부인에게 크로켓 초대장입니다."

물고기와 개구리 하인

그들은 둘 다 깊이 머리를 숙여 인사를 했고, 그 바람에 그들의 곱슬머리가 엉켜버렸습니다.

앨리스는 이 광경을 보고 너무 웃어서 그들이 자신이 웃는 것을 듣지 않았을까 두려워서 숲 속으로 내달려 돌아가야 했습니다. 그리고는 앨리스가 숲 밖을 살짝 엿보았더니, 물고기 얼굴에 양복을 입은 하인은 사라졌고 개구리 얼굴에 양복을 입은 하인만 문 근처에 앉아 하늘을 멍하니 쳐다보고 있었습니다.

앨리스는 소극적으로 문 앞에 나아가서 문을 두드렸습니다.

"문을 두드려봐야 아무 소용없어."

개구리 얼굴에 양복을 입은 하인이 말했습니다.

"두 가지 이유 때문이야. 첫 번째는 내가 너와 같은 쪽 문에 있으니까 그렇고 두 번째는 안이 너무 시끄럽게 떠들고 있어서 아무도 네가 문을 두드리는 소리를 들을 수 없기 때문이야."

분명히 문 안에서는 매우 이상한 소리가 들리고 있었습니다. 끊임없는 울음소리와 재채기 소리, 그리고 이따금 큰 접시가 깨지는 소리가 나는데, 마치 접시나 주전자가 산산조각이 나는 듯했습니다.

"그럼, 나는 어떻게 안에 들어갈 수 있나요?"

앨리스가 말했습니다.

"네가 문을 두드리는 것도 약간의 의미가 있을지도 모르지."

개구리 얼굴에 양복을 입은 하인의 말이 이어졌습니다.

"우리가 문으로 나눠져 있다면 말이야. 예를 들어, 네가 안에 있다면 문을 두드릴 수 있을 것이고, 나는 문을 열어 너를 밖으로 나가게 해줄 수 있겠지."

개구리 얼굴에 양복을 입은 하인은 말하는 내내 하늘을 바라보고 있었고, 앨리스는 그런 행동이 아주 무례하다고 생각했습니다.

"하지만 어쩌면 어쩔 수 없을 수도 있겠네."

앨리스가 혼잣말을 중얼거렸습니다.

"하인의 눈이 거의 머리 꼭대기에 가까우니까. 그래도 적어도 질문에는 대답해 줄 수 있겠지."

"어떻게 들어가야 하지요?"

앨리스가 큰 소리로 한 번 더 거듭 말했습니다.

"내가 여기 앉아 있을 거야. 내일까지……."

개구리 얼굴에 양복을 입은 하인은 말했습니다.

그 순간 집의 문이 열리면서 커다란 접시가 날아왔습니다. 그것은 개구리 얼굴에 양복을 입은 하인의 머리를 향해 정확히 날아갔으며, 그의 코를 스치듯이 지나서 뒤에 있는 나무 중 하나에 부딪혀 산산조각이 났습니다.

"…아니면 그 다음 날까지일 수도 있고."

개구리 얼굴에 양복을 입은 하인이 계속 이야기하며 마치 아무 일도 없었던 것처럼 말했습니다.

"나는 어떻게 들어갈 수 있냐고요?"

앨리스가 다시 더 큰 목소리로 거듭 물었습니다.

"넌 정말 들어가야겠다는 거야? 그것을 먼저 의심해 봐야지."

개구리 얼굴에 양복을 입은 하인이 말했습니다.

틀림없이 맞는 말이긴 했지만, 앨리스는 그렇게 말하는 것을 좋아하지 않았습니다.

"정말 끔찍해. 모든 생물들이 말을 꼬치꼬치 따지고 드는 것이 사람을 미치게 할 정도라니까!"

앨리스가 혼잣말로 투덜거렸습니다.

개구리 얼굴에 양복을 입은 하인은 지금이 그의 말을 요리조리 거듭해서 말할 좋은 기회라고 생각하는 것 같습니다.

"나는 여기 앉아 있을 거야. 며칠이고 몇 번이고."

개구리 얼굴에 양복을 입은 하인이 말했습니다.

"그럼 난 뭘 해야 하지요?"

앨리스가 말했습니다.

"네가 좋을 대로."

개구리 얼굴에 양복을 입은 하인은 말하며 휘파람을 불기 시작했습니다.

"오, 아무리 이야기 해봐도 소용없겠어. 그는 완전히 바보야!"

앨리스가 절망적으로 말하면서, 문을 열고 들어갔습니다.

문은 한쪽 끝에서 다른 쪽 끝까지 연기로 가득한 넓은 주방으로 바로 이어졌습니다. 공작부인은 가운데 세 발 의자에 앉아 아기를 돌보고 있었고, 요리사는 화덕에서 가마솥을 젖고 있는 것을 보니 수프가 가득한 것처럼 보였습니다.

"수프에는 분명히 후추가 너무 많이 들어갔어!"

앨리스는 재채기를 하면서 혼잣말로 중얼거렸습니다.

공기 중에 확실히 너무 후추의 매운 냄새가 진동했습니다. 심지어 공작부인조차 가끔 재채기를 했고, 아기는 잠시도 쉬지 않고 재채기와 울음을 번갈아가면서 했습니다. 이 주방에서 재채기를 하지 않은 유일한 생물들은 요리사와 고막이 귀가 쫑긋해진

주방에 있는 요리사, 공작부인, 커다란 체셔 고양이, 아기, 그리고 앨리스

채 벽난로에 앉아 웃고 있는 큰 고양이였습니다.

"제발 말씀해 주시겠어요? 왜 저 커다란 고양이가 저렇게 웃고 있나요?"

앨리스가 조금 수줍게 말했습니다. 왜냐하면 앨리스는 먼저 말을 하는 것이 예의인지 확신이 서지 않았기 때문입니다.

“그건 체셔 고양이라 그래, 돼지야!”

공작부인이 말했습니다.

공작부인이 마지막 단어를 갑작스럽게 폭력적으로 말해서 앨리스는 깜짝 놀랐지만, 다음에 그것이 아기에게 말한 것이라는 것을 알게 되었습니다. 앨리스는 용기를 내어 다시 말했습니다.

“체셔 고양이가 항상 저렇게 웃음을 짓는다는 것을 몰랐어요. 사실, 고양이가 웃음을 지을 수 있다는 걸 몰랐으니까요.”

“모든 고양이가 웃을 수 있어. 실제로 대부분의 고양이들이 웃을 수 있어.”

공작부인이 말했습니다.

“그런 것에 대해서 저는 아무 것도 아는 바가 없어요.”

앨리스는 대화에 참여하게 되어 매우 기쁘게 생각하며 아주 정중하게 말했습니다.

“너는 진짜로 모르는 게 너무 많구나.”

공작부인이 말했습니다.

앨리스는 공작부인의 말하는 투가 전혀 맘에 들지 않아서, 대화의 주제를 바꿔야겠다고 생각했습니다. 앨리스가 대화의 주제를 하나 고르려고 생각하는 사이에, 요리사는 가마솥에서 수프를 내려놓고 즉시 공작부인과 아기에게 손에 닿을 수 있는 모든 것을 던지기 시작했습니다. 먼저 화로용 기구가 날아갔고, 그 뒤로 냄비, 접시, 그리고 그릇들이 뒤따랐습니다. 공작부인은 자신에게 맞았을 때조차도 전혀 신경 쓰지 않았고, 아기는 이미 너무 떠들썩하게 울고 있어서 그런지 뭔가에 맞아서 아기에게 상처를 주었는지 아닌지를 알 수조차 없었습니다.

"오, 제발 조심해요!"

앨리스가 절망적인 공포 속에서 뛰어오르며 비명을 질렀습니다.

"오, 아기의 소중한 코로 날아가고 있어요!"

앨리스가 말했습니다.

비정상적으로 큰 냄비가 아기 근처를 지나가고 거의 아기의 코를 쳐내 버릴 뻔했습니다.

"모두가 자신의 일에만 신경을 쓴다면, 세상은 지금보다 훨씬 더 빠르게 잘 돌아갈 텐데."

공작부인이 쉰 듯한 으르렁거리는 목소리로 말했습니다.

"그것은 장점만 되지는 않을 거예요."

앨리스가 말하며, 자신의 지식을 조금 과시할 기회를 얻게 되어 매우 기쁘게 느꼈습니다.

"낮과 밤에 어떤 일이 벌어질지를 생각해 보십시오! 지구는 자전축(axis)을 기준으로 24시간이 걸립니다.……."

"도끼(axes) 얘기가 나왔으니 말인데, 저 아이의 머리를 잘라 버려라!"

공작부인이 말했습니다.

앨리스는 날카롭게 요리사를 쏘아보며, 그녀가 공장부인의 말을 이해했는지 확인하려 했지만, 요리사는 국자를 열심히 젓고

있어서 듣지 못한 듯 보였습니다. 그래서 앨리스는 다시 말을 계
속 이었습니다.

"24시간이라고 생각하는데, 아니면 12시간일까요? 제가……."
"아, 나를 귀찮게 좀 하지 마. 나는 숫자를 보면 진저리친다고!"
공작부인이 말했습니다.

그러고는 공작부인은 다시 아이를 돌보기 시작하였고, 그렇게
하면서 아기에게 자장가를 불러주었으며, 자장가의 매 구절이 끝
나면 아이를 심하게 흔들어 주었습니다.

"사내아이에게 거칠게 말하고,
재채기를 할 때면 때려라.
장난치기 위해서
단지 귀찮게 하는 것이란다."

후렴.
(요리사와 아기가 함께 하는 부분)
"와우, 와우, 와우"

공작부인이 노래의 2절을 부르는 동안, 아기를 격렬하게 위아
래로 흔들어 대서, 불쌍한 아기는 너무나 심하게 울부짖고 있었
습니다. 그래서 앨리스는 거의 노래 가사 말을 알아들을 수가 없
었습니다.

"나는 내 아들에게 엄하게 말하고,
재채기를 할 때면 때리네.
그가 원할 때면
후추를 마음껏 즐길 수 있기 때문이지!"

후렴.
"와우, 와우, 와우"

"여기 있다! 원한다면 잠시 아기를 돌봐도 좋아!"
공작부인이 앨리스에게 말하며 아기를 던졌습니다.
"나는 여왕님과 함께 크로켓 경기를 할 준비를 해야 해."
공작부인은 말하며 방을 나갔습니다. 요리사는 공작부인이 나가자 뒤따라 프라이팬을 던졌으나, 살짝 빗나갔습니다.

앨리스는 아기를 돌보는 데 다소 어려움을 겪었습니다. 앨리스가 보기에 그 아기는 이상한 모습이었고, 아기의 팔과 다리가 '불가사리처럼' 사방으로 쭉 뻗어 있다고 생각했습니다. 앨리스가 아기를 받았을 때, 그 아기는 증기 기관처럼 코를 쿵쿵거리며 내 뿜었고, 계속해서 몸을 움츠렸다가 다시 펴기도 하여, 처음 1~2분 동안은 앨리스가 아기를 안고 있는 것만으로도 버거운 상황이었습니다.

앨리스는 아기를 돌보는 방법을 파악하자마자(그 방법은 아기의 몸을 일종의 매듭처럼 비틀고, 그 매듭이 풀리지 않도록 오른쪽 귀와 왼쪽 발을 꽉 잡고 있는 것이었습니다.), 아기를 밖으로 데려갔습니다.

"이 아이를 내가 데려가지 않으면, 하루 이틀 내로 확실히 죽일 거야. 이 아이를 남겨두는 것은 살인이나 마찬가지 아닌가?"

앨리스는 혼잣말로 중얼거렸습니다.

앨리스는 마지막 말을 크게 외쳤고, 아기는 대답하듯 끙끙거렸습니다(이때까지 재채기는 그친 상태였습니다.).

"끙끙거리지 마. 네 감정을 표현하는 올바른 방법이 전혀 아니야."

앨리스가 말했습니다.

아기가 다시 끙끙거렸고, 앨리스는 그 아기의 얼굴을 매우 걱정스럽게 살펴보며 무슨 문제가 있는지 확인했습니다. 아기는 의심의 여지없이 매우 올라간 들창코를 가지고 있었고, 진정한 코라기보다도 오히려 주둥이에 가까웠습니다. 또한 아기의 눈은 점점 더 작아지고 있었습니다. 앨리스는 전체적으로 아기의 모습이 전혀 마음에 들지 않았습니다.

'어쩌면 단지 울고 있는 것일지도 몰라.'

앨리스는 생각하며 다시 아기의 눈을 바라보며 눈물이 있는지 살펴보았습니다.

아니, 눈물은 없었습니다. 앨리스가 진지하게 말했습니다.

"얘야, 네가 돼지로 변할 거라면, 난 너를 더 이상 돌보지 않을 거야. 알겠지!"

그 불쌍한 아기는 다시 흐느꼈고(아니면 끙끙거렸는데, 어느 쪽인지는 알 수 없었습니다.), 앨리스와 아기는 한동안 침묵 속에 멍하기 있었습니다.

앨리스는 생각하기 시작했습니다.

'이 아기를 집에 데려간다면 어떻게 해야 할까?'

그 때, 아기가 다시 한 번 매우 심하게 끙끙거렸기 때문에 앨리스는 놀라서 아래를 내려다보게 되었습니다. 이번에는 오해의 여지가 없었습니다. 그것은 더도 말고 덜도 아닌 돼지였고, 앨리스는 그것을 더 이상 들고 가는 것이 꽤 우스꽝스럽게 생각되었습

앨리스가 돼지로 변해버린 아기를 안고 있습니다

니다.

그래서 앨리스는 그 새끼 돼지를 내려놓았고 그것이 조용히 숲으로 걸어가는 모습을 보고 크게 안심이 되었습니다.

"만약 그것이 사람으로 성장한다면, 끔찍하게 못생긴 아이가 되었을 거야. 하지만 나는 그것이 돼지치고는 꽤 잘생긴 돼지라고 생각해."

앨리스는 혼잣말을 했습니다.

그리고 앨리스는 알고 있는 다른 친구들에 대해 생각하기 시작했습니다. 돼지로 변하면 잘 어울릴만한 친구들을 생각하고 있었습니다.

"그들을 변화시키는 올바른 방법을 알기만 한다면,……."

앨리스가 말하려던 찰나, 몇 걸음 떨어진 나무 위의 가지에 앉아 있는 체셔 고양이를 보고 조금 놀랐습니다.

체셔 고양이는 앨리스를 보았을 때 미소를 지을 뿐이었습니다. 앨리스는 체셔 고양이가 온순한 성격을 가진 것 같다고 생각했습니다. 하지만 체셔 고양이는 매우 긴 발톱과 많은 이빨을 가지고 있었기 때문에, 앨리스는 체셔 고양이를 조심해야 한다고 느꼈습니다.

"체셔 야옹이."

앨리스는 약간 망설이며 말을 건네기 시작했습니다. 부르는 것을 좋아할지 전혀 알지 못했기 때문입니다. 그러나 체셔 고양이는 조금 더 환하게 웃기만 했습니다.

앨리스가 체셔 고양이와
이야기를 하고 있습니다

'자, 지금까지는 기분이 좋은 것 같군.'

"여기서 나가는 게 어느 방향으로 가야 하는지 알려 줄래?"

앨리스는 생각하며 계속 말했습니다.

"그것은 네가 어디에 가고 싶은지에 따라 달려 있지."

체셔 고양이가 말했습니다.

"나는 어디든 크게 신경 쓰지 않아……."

앨리스가 말했습니다.

“……어디든지 가기만 하면 돼.”

앨리스가 설명을 덧붙였습니다.

“그러면 네가 어떤 길로 가든 상관없잖아.”

체셔 고양이가 말했습니다.

“오, 네가 충분히 오래 걷다보면, 너는 반드시 도착하게 될 거야.”

체셔 고양이가 말했습니다.

앨리스는 그 말이 틀리다고 부인할 수는 없다고 느꼈고, 그래서 다른 질문을 시도하기로 했습니다.

“이 근처에는 어떤 사람들이 살고 있어?”

“그 방향에는 모자를 만드는 사람이 살고 있어. 그리고 저 방향에는,”

체셔 고양이가 오른쪽 발로 휘저으며 말했습니다.

“3월 토끼가 살고 있어. 원하는 쪽에 가도 좋아. 둘 다 미쳐있거든.”

체셔 고양이가 왼쪽 발을 휘저으며 말했습니다.

“하지만 미친 사람들 사이에 가고 싶지는 않은데.”

앨리스가 말했습니다.

“아, 그건 어쩔 수 없지. 여기서는 모두 미쳤어. 나도 미쳤고 너도 미쳤어.”

체셔 고양이가 말했습니다.

“내가 미쳤다는 걸 어떻게 아는 거니?”

앨리스가 말했습니다.

"네가 미치지 않았다면 여기 오지 않았을 거야."

체셔 고양이가 말했습니다.

앨리스는 그 말이 전혀 옳다고 생각하지는 않았지만, 계속해서 말했습니다.

"그럼, 네가 미쳤다는 건 어떻게 알아?"

"우선, 개는 미치지 않았어. 그렇지?"

체셔 고양이가 말했습니다.

"그럴 것 같아."

앨리스가 말했습니다.

"그럼, 봐봐, 개는 화가 날 때 으르렁거리고 기분이 좋을 때 꼬리를 흔들어. 그런데 나는 기분이 좋을 때 으르렁거리고 화가 날 때 꼬리를 흔들어. 그러니 나는 미친 거야."

체셔 고양이가 계속해서 말했습니다.

"나는 그것을 가르랑거린다고 부르지, 으르렁거린다고 부르지 않아."

앨리스가 말했습니다.

"네가 원하는 대로 부르면 돼. 오늘 여왕과 크로켓 경기를 하니?"

체셔 고양이가 말했습니다.

"나도 그 경기를 정말 하고 싶은데, 아직 초대받지 못했어."

앨리스가 말했습니다.

"거기서 날 볼 수 있을 거야."

체셔 고양이가 말하며 사라졌습니다.

앨리스는 이런 상황에 그다지 놀라지 않았습니다. 앨리스는 괴이한 일들이 일어나는 것에 익숙해지고 있었습니다. 앨리스가 체셔 고양이가 있었던 곳을 바라보고 있노라니, 갑자기 체셔 고양이가 다시 나타났습니다.

"그런데 아기는 어떻게 되었지? 물어본다는 것을 깜박 잊을 뻔했어."

다시 나타난 체셔 고양이가 말했습니다.

"돼지로 변했어."

앨리스는 마치 체셔 고양이가 돌아온 게 자연스럽다는 듯이 조용히 말했습니다.

"그럴 줄 알았어."

체셔 고양이가 말하고는 사라졌습니다.

앨리스는 잠시 기다리며 다시 체셔 고양이를 볼 수 있을 것이라는 기대를 했지만, 다시 나타나지 않았고 잠시 후에 앨리스는 3월 토끼가 산다고 알려진 방향으로 걸어갔습니다.

"나는 이전에도 모자 만드는 사람들을 많이 봤어. 3월 토끼가 훨씬 더 흥미로울 것 같은데, 어쩌면 지금이 5월이니까 미쳐있지는 않을 거야. 적어도 3월처럼은 아니겠지."

앨리스는 혼잣말로 중얼거렸습니다. 앨리스가 이렇게 말하고 있을 때, 다시 나무 위의 가지에 앉아 있는 체셔 고양이를 보았습니다.

"네가 돼지(pig)라고 했니, 아니면 무화과(fig)라고 했니?"

체셔 고양이가 말했습니다.

"나는 돼지라고 말했어. 그리고 네가 그렇게 갑자기 나타나고 사라지지 좀 마. 내가 아주 어지럽거든."

앨리스가 대답했습니다.

"좋아."

체셔 고양이가 말했습니다.

그리고 이번에는 체셔 고양이가 꽤 천천히 사라졌습니다. 처음에는 꼬리 끝부터 시작해서 나중에는 날카로운 미소가 남아 있었는데, 그 미소는 나머지가 사라진 후에도 한동안 남아 있었습

체셔 고양이가 미소를 지으며 서서히 사라지고 있습니다

니다.

'음! 나는 종종 웃는 고양이를 보았지만, 고양이 없는 웃음은! 내가 본 것 중 가장 신기한 것이야!'

앨리스는 생각했습니다.

앨리스는 얼마 멀리 걸어가지도 않았는데 느닷없이 3월 토끼의 집에 다다르게 되었습니다. 앨리스는 그 집이 3월 토끼의 집일 거라고 확신했습니다. 굴뚝이 토끼의 귀 모양이고 지붕이 토끼털로 덮여 있었기 때문입니다. 너무 큰 집이라 앨리스는 왼손에 든 버섯 조각을 조금 먹어서 키를 약 60센티미터 정도 높이로 키웠습니다. 그때에도 앨리스는 약간 긴장하며 그쪽으로 다가가면서 혼잣말로 속삭였습니다.

"혹시 3월 토끼가 결국 미치광이일 수도 있어! 차라리 모자 장수 쪽을 보러 갔더라면 좋았을 것 같아!"

제07장

미친 다과회

집 앞 나무 아래에 탁자가 놓여 있었고, 3월 토끼와 모자 장수는 그 탁자에서 차를 마시고 있었습니다. 겨울잠쥐 한 마리는 그들 사이에 앉아 고요히 잠들어 있었고, 3월 토끼와 모자 장수가 겨울잠쥐를 쿠션으로 사용하며 팔꿈치를 얹고서 그 머리 위에서 이야기하고 있었습니다.

'겨울잠쥐는 매우 불편하겠는걸. 하지만 잠들어 있으니 신경 쓰이지 않을 것도 같네.'

앨리스는 생각했습니다.

식탁은 커다란 것이었지만, 세 사람은 모서리에서 모두 모여 앉아 있었습니다.

"자리 없어! 자리 없어!"

그들은 앨리스가 오는 것을 보자 외쳤습니다.

“자리가 많이 있잖아요!”

앨리스는 화가 나서 말했고, 그녀는 식탁 한쪽 끝에 놓인 큰 안락의자에 앉았습니다.

앨리스가 미친 다과회를 갖고 있습니다

“포도주 좀 마셔.”

3월 토끼가 격려하는 듯한 목소리로 말했습니다.

앨리스는 탁자를 둘러보았지만, 그 위에는 차밖에 없었습니다.

“포도주가 안 보이잖아요.”

앨리스가 말했습니다.

“없어.”

3월 토끼가 말했습니다.

"없으면서, 그것을 제안한 것은 매우 예의가 없는 거예요."

앨리스가 화를 내며 말했습니다.

"초대받지 않았는데, 앉는 것도 별로 예의가 바르지는 않지."

3월 토끼가 말했습니다.

"나는 이 탁자가 여러분의 탁자인 줄 몰랐어요. 이 탁자에는 셋 이상이 앉을 수 있도록 차려져 있어요."

앨리스가 말했습니다.

"네 머리를 좀 자르는 건 어때?"

모자 장수가 처음으로 말했습니다. 그는 한동안 큰 호기심을 갖고 앨리스를 바라보고 있었습니다.

"매우 개인적인 일에 토를 다는 것을 하지 말아야 해요. 그건 정말 무례해요."

앨리스가 다소 엄하게 말했습니다.

모자 장수는 이 말을 듣고 눈을 아주 크게 떴지만, 정작 그는 이렇게 말했습니다.

"왜 큰까마귀는 책상과 비슷할까?"

'자, 이제 재미있게 놀아봅시다! 그들이 수수께끼를 내기 시작해서 기뻐.'

앨리스는 생각했습니다.

"내가 그걸 맞출 수 있을 것 같아요."

앨리스는 소리 내어 덧붙였습니다.

"너는 그 문제의 답을 찾을 수 있다고 생각한다는 말이지?"

3월 토끼가 말했습니다.

"정확히 그래요."

앨리스가 말했습니다.

"그렇다면 네 진심을 말해야 해."

3월 토끼가 계속 말했습니다.

"네, 그렇게 말씀드려요. 적어도, 적어도 제가 하는 말이 진심이라는 뜻이에요. 그것은 같은 거죠, 아시잖아요."

앨리스가 성급하게 대답했습니다.

"전혀 같은 것이 아니야! 너는 '나는 내가 먹는 것을 본다.'는 것이 '나는 내가 보는 것을 먹는다.'와 같다고 말하는 거니!"

모자 장수가 말했습니다.

"너는 마치 이렇게 말하는 것과 마찬가지야. '내가 갖고 있는 걸 좋아한다.'는 '내가 좋아하는 걸 갖고 있다.'와 같다고!"

3월 토끼가 덧붙였습니다.

"너는 마치 이렇게 말하는 것과 마찬가지야. '나는 자는 동안 숨을 쉰다.'는 '나는 숨을 쉬는 동안 잔다.'와 같다는 거지!"

잠꼬대를 하는 듯한 겨울잠쥐가 덧붙였습니다.

"너에게는 그게 다 같은 말로 들리겠지."

모자 장수가 말했습니다. 그리고 여기서 대화는 중단되었고, 모두 한동안 조용히 앉아 있었습니다. 그동안 앨리스는 자신이 기억할 수 있는 모든 큰까마귀와 책상에 대한 생각에 잠겼지만,

그리 좋은 생각이 떠오르지는 않았습니다.

모자 장수가 침묵을 먼저 깼습니다.

"오늘이 몇 월 며칠이지?"

앨리스를 향해 말했습니다. 앨리스는 주머니에서 시계를 꺼내어 불안하게 쳐다보며 가끔씩 흔들고 귀에 대고 있었습니다.

앨리스는 잠시 생각한 뒤에 말했습니다.

"4일."

"틀렸어, 이틀이나!"

모자 장수가 한숨을 쉬며 말했습니다.

"버터는 시계에 맞지 않을 거라고 말했잖아!"

모자 장수가 화가 나서 3월 토끼를 쳐다보며 덧붙였습니다.

"그것은 최고의 버터였는데."

3월 토끼가 온순하게 대답했습니다.

"그래, 하지만 빵 부스러기가 조금 들어갔을 거야. 빵 칼로 함께 넣으면 안 되었는데."

모자 장수가 툴툴댔습니다.

3월 토끼는 시계를 들고 침울하게 바라보았습니다. 그런 다음 그는 시계를 차 한 잔에 담가 넣고 다시 바라보았습니다. 그러나 그는 처음 한 말인 "그것은 최고의 버터였는데."보다 더 나은 말을 생각할 수 없었습니다.

앨리스는 3월 토끼의 어깨 너머를 호기심 어린 눈으로 살펴보았습니다.

수다스러운 모자 장수

"참 재미있는 시계네요! 이 시계는 날짜는 알려주지만, 지금 몇 시인지 알려주지 않잖아요!"

앨리스가 말했습니다.

"그게 왜? 네 시계는 지금이 몇 년인지 알려주니?"

모자 장수가 중얼거렸습니다.

"물론 아니지요. 하지만 연도는 오랫동안 같은 상태로 유지되기 때문이에요."

앨리스는 아주 빠르게 대답했습니다.

"내 시계도 딱 그렇지."

모자 장수가 말했습니다.

앨리스는 엄청 끔찍한 혼란에 빠졌습니다. 모자 장수의 말은 어떤 의미도 없는 것처럼 보였지만, 분명히 말은 말이었습니다.

"저는 아저씨의 말을 잘 이해하지 못하겠어요."

앨리스는 최대한 공손하게 말했습니다.

"겨울잠쥐가 다시 또 자고 있네."

모자 장수가 말했습니다. 그리고 그는 조금 뜨거운 차를 겨울잠쥐의 코에 부었습니다.

겨울잠쥐는 불만스럽게 고개를 저으며, 눈을 감은 채로 말했습니다.

"물론, 물론, 내가 방금 하려던 말이야."

"너는 벌써 수수께끼를 풀었니?"

모자 장수가 다시 앨리스에게 말했습니다.

"아니, 나는 포기예요. 답이 뭐죠?"

앨리스가 대답했습니다.

"전혀 몰라."

모자 장수가 말했습니다.

"나도 몰라."

3월 토끼가 말했습니다.

앨리스는 지친 듯 한숨을 쉬었습니다.

"아무 답도 없는 수수께끼를 물어보며 시간을 낭비하기보다는 그 시간에 더 나은 일을 찾아 하는 게 나아요."

앨리스기 말했습니다.

“네가 시간을 나만큼 잘 안다면, 너는 시간을 낭비한다고 말하지 못할 거야. 시간은 사람이니까.”

모자 장수가 말했습니다.

“무슨 뜻인지 모르겠어요.”

앨리스가 말했습니다.

“당연히 모르겠지! 감히 말하건대, 넌 시간이랑 얘기조차 안 해봤잖아!”

모자 장수가 경멸하듯 고개를 저으며 말했습니다.

“아마 그럴지도 몰라요. 하지만 나는 음악을 배울 때면, 박자 (시간)를 맞춰야 한다는 건 알아요.”

앨리스가 조심스럽게 대답했습니다.

“아! 그렇게 설명되네.”

모자 장수가 말했습니다.

“시간은 맞는 거를 참지 못하는데. 이제, 만약 네가 시간이랑 좋은 관계를 유지한다면, 시간은 시계와 관련하여 네가 원하는 거의 모든 것을 해줄 거야. 예를 들어, 아침 9시라고 가정해 보자. 수업을 시작하기에 딱 좋은 시간이지. 네가 단지 시간에게 조용하게 넌지시 알려 주기만 하면, 순간적으로 시계가 돌아가거든! 1시 30분, 식사 시간이야!”

(“그렇다면 좋겠다고.” 3월 토끼가 속삭이며 혼잣말로 중얼거렸습니다.)

“확실히 훌륭할 것 같아요. 그러나 그때는 배가 고프지 않을 텐데요. 아시죠.”

앨리스가 깊이 생각하며 말했습니다.

"처음에는 아닐 수도 있지. 하지만 원하면 1시 30분을 계속 유지할 수도 있어."

모자 장수가 말했습니다.

"아저씨도 그렇게 관리하시나요?"

앨리스가 물었습니다.

모자 장수는 슬픈 표정으로 머리를 흔들었습니다.

"아니야! 우리는 지난 3월에 다퉜어. 3월 토끼가 미친 상태에 들어가기 직전에 말이야(모자 장수가가 찻숟가락으로 3월 토끼를 가리키며). 그때는 하트 여왕이 주최한 대규모 연주회에 있었고, 거기서 나는 노래를 불러야 했거든."

'반짝반짝 작은 박쥐!
무엇을 하고 있는지 궁금해!'

"아마도 너는 그 노래를 알고 있지?"

모자 장수가 대답했습니다.

"나는 그 비슷한 노래를 들어 본 적이 있어요."

앨리스가 말했습니다.

"알겠지만, 이런 식으로 계속되고 있지."

모자 장수는 계속했습니다.

'세상 위를 날아가네,
하늘에 있는 찻쟁반처럼.
반짝반짝……'

여기서 겨울잠쥐가 몸을 흔들고 잠결에 노래를 부르기 시작했습니다.

"반짝, 반짝, 반짝, 반짝 ……."

얼마나 계속 노래를 부르던지 멈추게 하려고 꼬집어야 할 정도였습니다.

모자 장수가 말했습니다.

"음, 나는 첫 번째 구절을 막 끝냈을 때, 여왕이 자리에서 벌떡 일어서며 소리를 쳤어. '시간을 죽이고 있어! 당장 그의 머리를 베어라!'"

"끔찍하게 야만적이에요!"

앨리스가 소리쳤습니다.

"그 이후로, 시간은 내가 부탁하는 일을 아무것도 들어주지 않아! 그래서 항상 6시야."

모자 장수가 슬픈 목소리로 계속했습니다.

앨리스의 머리에 좋은 생각이 떠올랐습니다.

"그래서 여기 이렇게 많은 다과가 차려져 있는 건가요?"

앨리스가 물었습니다.

"그래, 그렇지. 항상 차를 마시는 시간이다 보니, 그 사이에 설

거지를 할 시간이 없어."

모자 장수가 한숨을 쉬며 말했습니다.

"그래서 계속 탁자 주위를 돌고 있는 거구요?"

앨리스가 말했습니다.

"정확해. 차를 다 마시게 되면 탁자를 도는 거지."

모자 장수가 말했습니다.

"그렇다면 다시 처음 자리로 돌아오면 어떻게 되는 거죠?"

앨리스가 조심스럽게 물었습니다.

"주제를 좀 바꾸자. 이제 그 이야기는 지겨워. 젊은 아가씨의 이야기를 들어 보는 것에 한 표를 던질게."

3월 토끼가 하품하며 끼어들었습니다.

"아는 것이 하나도 없어요."

앨리스는 조금 놀라서 말했습니다.

"그럼 겨울잠쥐가! 깨워, 겨울잠쥐!"

모자 장수와 3월 토끼는 양쪽에서 동시에 외치면서 꼬집었습니다.

"나는 잠들지 않았어. 너희가 하는 모든 말을 듣고 있었어."

겨울잠쥐는 천천히 눈을 뜨고, 쉰 듯한 힘없는 목소리로 말했습니다.

"이야기를 해줘!"

3월 토끼가 말했습니다.

"네, 제발 해주세요!"

앨리스가 간청했습니다.

"서둘러. 그렇지 않으면 이야기가 끝나기 전에 다시 잠이 들게 될 거야."

모자 장수가 덧붙였습니다.

"아주 오래 전, 세 명의 어린 자매가 있었습니다."

겨울잠쥐가 급하게 말하기 시작했습니다.

"그들의 이름은 엘시, 레이시, 틸리였고, 그들은 우물 바닥에 살고 있었습니다……."

"그들은 거기서 무엇을 먹고 살았나요?"

앨리스가 물었습니다. 앨리스는 항상 식사와 음주에 대한 질문에 큰 관심을 가졌습니다.

"그들은 당밀(설탕을 녹여 만든)을 먹고 살았어요."

겨울잠쥐가 잠시 생각한 후에 대답했습니다.

"그들은 그렇게 할 수 없었을 텐데요. 그렇다면 아마도 그들은 아팠을 거예요."

앨리스는 부드럽게 지적하며 말했습니다.

"그래서 그들은 아주 많이 아팠어요."

겨울잠쥐가 말했습니다.

앨리스는 자매들의 그런 특별한 생활이 어떤 것일지 상상해 보려고 노력했지만, 너무 혼란스러워서 계속 말했습니다.

"그런데 왜 그들은 우물 바닥에서 살았을까요?"

"차 좀 더 마셔."

3월 토끼가 앨리스에게 매우 진지하게 말했습니다.

"나는 아직 한 모금도 마시지 않았어요. 그래서 좀 더 마실 수가 없어요."

앨리스가 화난 목소리로 대답했습니다.

"덜 마실 수는 없다는 말이지. 아무것도 마시지 않는 것보다 좀 더 마시는 것은 아주 쉽지."

모자 장수가 말했습니다.

"아무도 아저씨의 의견을 묻지 않았어요."

앨리스가 말했습니다.

"지금 누가 자기 의견을 말하고 있는 거지?"

모자 장수가 의기양양하게 물었습니다.

앨리스는 뭐라고 말해야 할지 잘 몰랐습니다. 그래서 앨리스는 차와 버터 빵을 조금 먹고 겨울잠쥐에게 돌아서서 질문을 반복했습니다.

"왜 그들은 우물 바닥에서 살았을까요?"

다시 한 번 겨울잠쥐는 잠시 생각한 후에 말했습니다.

"그곳은 끈적끈적한 당밀 우물이었어요."

"그런 건 없어요!"

앨리스가 매우 화가 나기 시작했지만, 모자 장수와 3월 토끼가 "쉿! 쉿!" 하자, 겨울잠쥐는 불량스럽게 말했습니다.

"네기 그렇게 도저히 예의 없이 굴 거라면, 차라리 네가 이야기를 마무리하는 게 좋을 거야."

“아니에요, 계속하세요! 다시는 방해하지 않을게요. 아마도 그런 우물이 하나 정도는 있을지도 모르겠죠.”

앨리스가 매우 겸손하게 말했습니다.

“하나, 정말이지 그럼!”

겨울잠쥐가 분노하며 말했습니다. 그러나 계속 얘기하기로 했습니다.

“그래서 이 어린 세 자매는—여러분도 아시다시피—부드럽게 긷는 방법을 배우고 있었어요.”

“그녀들은 무엇을 긷나요?”

앨리스가 약속을 완전히 잊은 채 말했습니다.

“당밀.”

겨울잠쥐가 이번에는 전혀 고려하지 않고 말했습니다.

“나는 깨끗한 컵이 필요해. 우리 모두 한 자리씩 이동하자.”

모자 장수가 끼어들며 말했습니다.

모자 장수가 이야기하면서 움직이자 겨울잠쥐도 그를 따라갔고, 3월 토끼는 겨울잠쥐의 자리에 앉았으며 앨리스는 마지못해 3월 토끼가 앉았던 자리를 차지했습니다. 모자 장수는 이 변화로 이득을 얻은 유일한 사람이었고, 앨리스는 3월 토끼가 방금 우유 주전자를 그의 접시에 쏟아버렸기 때문에 이전보다 상황이 훨씬 나빠졌습니다.

앨리스는 다시 겨울잠쥐의 기분을 상하게 하고 싶지 않아서 매우 조심스럽게 말했습니다.

“하지만 저는 이해가 안 돼요. 그 어린 세 자매는 어디서 당밀을 긷는다는 거죠?”

“우물에서 물을 길을 수 있잖아. 그러니까 네가 당밀 우물에서 당밀을 길을 수 있을 거라고 생각해야겠지. 어이, 멍청아?”

모자 장수가 말했습니다.

“하지만 그들은 우물에 있었어요.”

앨리스가 모자 장수의 마지막 말을 무시하면서 겨울잠쥐에게 말했습니다.

“물론 그 어린 세 자매는 우물 안에서 잘 살았지.”

겨울잠쥐가 말했습니다.

이 답변은 불쌍한 앨리스를 매우 혼란스럽게 만들었습니다. 그래서 앨리스는 겨울잠쥐가 끊임없이 이야기하는 동안 방해하지 않고 지켜보기로 했습니다.

“그들은 긷는 방법을 배우고 있었어요.”

겨울잠쥐가 말을 이으며 하품을 하고 눈을 문지르며 계속했습니다. 점점 잠이 몰려오고 있었습니다.

“그리고 그들은 온갖 종류의 것을 길어냈어요. ‘M’으로 시작하는 모든 것들······.”

“왜 ‘M’이지요?”

앨리스가 말했습니다.

“왜 안 되지?”

3월 토끼가 말했습니다.

앨리스는 침묵했습니다.

그때 겨울잠쥐는 눈을 감았고, 졸음에 빠져들고 있었습니다. 그러나 모자 장수에게 꼬집힌 후, 작은 비명을 지르며 다시 깨어났고 이렇게 이야기를 이어갔습니다.

"M으로 시작하는 것들, 쥐덫(Mouse-traps), 달(Moon), 기억(Memory), 그리고' '많은 것들(Muchness)'―'많은 것들이 많다'고 말들 하잖아.―'많은 것들'을 길어내 본 적이 있니?"

"저요, 저에게 물어보는 거예요. 내 생각에는 없는 것 같은데……."

앨리스가 몹시 당황해 하며 말했습니다.

"그럼, 얘기하면 안 돼."

모자 장수가 말했습니다.

이 무례한 말은 앨리스가 참아 내기에는 너무 과한 것이었습니다. 앨리스는 큰 혐오감을 느끼고 일어섰고, 그리고 자리를 떠났습니다. 겨울잠쥐는 바로 잠에 빠져들었고, 모자 장수와 3월 토끼는 앨리스가 가는 것을 조금도 신경 쓰지 않았습니다. 앨리스는 한두 번 뒤를 돌아보며 그들이 자신을 부르기를 조금은 바라는 마음이었지만, 마지막으로 그들을 봤을 때, 모자 장수와 3월 토끼는 겨울잠쥐를 찻주전자 속으로 넣으려고 하고 있었습니다.

"어쨌든 나는 다시는 그곳에 가지 않을 거야! 내 인생에서 가 본 다과회 중에서 가장 어리석은 다과회야!"

모자 장수와 3월 토끼가 자고 있는 겨울잠쥐를
찻주전자 속으로 담그고 있습니다

앨리스가 숲 속을 조심스럽게 걸으며 말했습니다.

앨리스가 이렇게 말하자마자, 나무 중 하나에 문이 나 있는 것을 발견했습니다.

앨리스는 생각했습니다.

'정말 궁금하네! 하지만 오늘은 모든 것이 궁금한 것이 많네. 그냥 바로 들어가 봐야겠다.'

그리고 바로 안으로 들어갔습니다.

앨리스는 한 번 더 긴 복도에 서 있었고, 작은 유리 탁자 가까이에 있었습니다.

"이번에는 더 잘 할 수 있을 거야."

앨리스는 혼잣말을 하며, 작은 황금 열쇠를 들고 정원으로 이어지는 문을 열기 시작했습니다. 그리고는 주머니에 남겨두었던 버섯 조각을 한 입씩 갉아먹기 시작했는데, 몸이 약 30센티미터 정도로 줄었습니다. 그러고 나서 앨리스는 좁은 통로를 걸어갔고, 마침내 아름다운 정원에서 화려한 꽃밭과 시원한 분수들 사이에 서 있게 되었습니다.

제08장

여왕의 크로켓 경기장

정원 입구 근처에는 큰 장미나무가 서 있었습니다. 그 나무에서 자라는 장미는 하얗지만, 세 명의 정원사가 바쁘게 그것들을 빨간색으로 칠하고 있었습니다. 앨리스는 이것이 매우 호기심을 자극하는 일이라고 생각하고 그들 가까이 다가가서 지켜보았고, 막 그들에게 다가갔을 때 한 정원사가 말하는 소리를 들었습니다.

"조심해, 5번! 그렇게 물감을 튀기지 마!"

"어쩔 수 없었어. 7번이 내 팔꿈치를 '쿵쿵' 쳤단 말이야."

5번이 투덜거리며 말했습니다.

"맞아, 5번! 항상 남에게 책임을 떠넘기지!"

7번은 올려다보며 말했습니다.

"말하지 않는 게 좋을걸! 어제 여왕님께서 7번은 참수형을 당하는 게 마땅하다고 말씀하시는 것을 들었거든!"

5번이 말했습니다.

"무엇 때문에?"

먼저 말한 정원사가 말했습니다.

"그건 네가 신경 쓸 일이 아니야, 2번!"

7번이 말했습니다.

2번, 5번, 7번 카드가 장미 덤불을 색칠하고 있습니다

"그래, 그건 7번의 일이지! 말해줄게. 7번이 양파 대신 튤립 뿌리를 요리사에게 가져다 줬기 때문이야."

5번이 말했습니다.

7번은 자신의 붓을 내던져버렸습니다.

"그래, 정말 불공평한 일들이……"

이렇게 막 말을 시작했을 때, 그의 눈이 앨리스와 마주쳤습니다. 앨리스는 그들을 지켜보고 있었고, 7번은 갑자기 말을 멈췄습니다. 2번과 5번도 고개를 돌렸고, 모두가 허리를 깊숙이 숙여 인사를 했습니다.

"나에게 좀 말해줄래? 왜 그 장미들을 칠하고 있는 거야?"

앨리스가 약간 수줍어하며 말했습니다.

5번과 7번은 아무 말도 하지 않고 2번을 바라보았습니다. 2번은 낮은 목소리로 이야기를 시작했습니다.

"사실, 원래 여기는 빨간 장미나무가 심어져 있어야 했는데, 실수로 하얀 장미나무를 심어버렸어요. 만약 여왕님이 이 사실을 알게 되면, 우리 모두 머리가 잘릴 거예요. 그래서 우리는 여왕님이 오시기 전에 최선을 다하고 ……"

이 순간, 정원을 걱정스럽게 바라보고 있던 5번이 외쳤습니다.

"여왕님! 여왕님이야!"

세 정원사는 즉시 얼굴을 땅에 대고 엎드렸습니다. 많은 발소리가 들렸고, 앨리스는 여왕님을 보기 위해 주위를 돌아보았습니다.

먼저 지팡이를 가진 10명의 병사들이 왔습니다. 지팡이는 모두 세 정원사처럼 긴 타원형으로 납작하게 만들어졌고, 모서리에 손과 발이 있었습니다. 그 다음 10명의 신하들이 왔고, 이들은 다이아몬드로 장식되어 있었으며, 병사들과 마찬가지로 두 명씩 짝을 지어 걸었습니다. 그 후에는 왕족 어린이(왕자와 공주)들이 왔고, 그들은 10명이었으며, 사랑스러운 아이들은 손을 잡고 짝을 지어 즐겁게 뛰어왔습니다. 그들은 모두 하트로 장식되어 있었습니다. 다음으로 손님들이 왔고, 대부분 왕과 여왕들이었으며, 앨리스는 그들 중에서 하얀 토끼를 알아보았습니다. 하얀 토끼는 초조해 하며 이야기하고 있었고, 말하면서 모든 것에 미소를 지어 보이느라, 앨리스를 미쳐보지 못하고 지나갔습니다. 그 다음에는 하트의 잭이 왕의 왕관을 진홍색 벨벳 베개 위에 올려놓고 뒤따르고 있었습니다. 그리고 이 화려한 행렬의 마지막에는 하트의 왕과 하트의 여왕이 왔습니다.

앨리스는 자신이 세 명의 정원사처럼 엎드려야 하는지에 대해 꽤 고심을 하지 않을 수 없었습니다. 앨리스는 행렬에서 그런 규칙을 들어본 기억이 없었습니다.

'게다가 사람들이 모두 얼굴을 바닥에 대고 엎드려야 한다면, 행렬이 무슨 의미가 있을까?'

앨리스는 생각하며, 자신이 있는 자리에서 가만히 서서 기다렸습니다.

행렬이 앨리스의 정면에 도달했을 때, 모두 멈추고 그녀를 바라보았고, 여왕이 엄하게 말했습니다.

"이 사람은 누구인가?"

여왕은 하트 잭에게 말했지만, 그는 그저 고개를 숙이고 미소만 지을 뿐이었습니다.

"바보!"

여왕이 불쑥 고개를 돌리며 말했습니다. 그리고 앨리스에게 돌아서서 그녀는 계속 말했습니다.

"너의 이름은 뭐니, 아이야?"

"제 이름은 앨리스입니다. 여왕 폐하."

앨리스가 매우 공손하게 말했습니다. 그러나 그녀는 혼잣말로 덧붙였습니다.

"아니, 그들은 결국 카드 한 벌에 불과하잖아. 두려워할 필요가 없겠어!"

"이들은 누구인가?"

장미 나무 주위를 누워 있던 세 정원사를 가리키며 여왕이 말했습니다. 왜냐하면 그들은 얼굴을 바닥에 대고 누워 있었고, 등 위의 무늬가 나머지 다른 카드와 동일했기 때문에 여왕은 그들이 정원사인지, 병사인지, 신하인지, 아니면 자신의 아이들인지 알 수 없었기 때문입니다.

"제가 어떻게 알겠어요? 그건 제 일도 아닌걸요."

앨리스가 자신의 용기에 놀라며 말했습니다.

여왕은 분노하여 얼굴이 붉어졌고, 야수처럼 앨리스를 노려본 후 외쳤습니다.

"저 아이의 목을 쳐라! 치워……"

여왕이 앨리스에게 처형을 명령하고 있습니다

"말도 안 돼!"

앨리스가 매우 큰 소리로 단호하게 말하자, 여왕은 침묵했습
니다.

왕은 여왕의 팔에 손을 얹고 조심스럽게 말했습니다.

"생각해봐요, 여보. 단지 아이일 뿐이잖소!"

여왕은 그에게 화가 나서 등을 돌리며, 잭에게 말했습니다.

"그것들을 뒤집어라!"

잭은 한 발로 매우 조심스럽게 그렇게 했습니다.

"일어나!"

여왕이 날카롭고 큰 목소리로 말하자, 세 명의 정원사들은 즉시 뛰어올라 왕과 여왕, 왕실 아이들, 그리고 다른 모든 사람들에게 허리를 숙여 절을 하기 시작했습니다.

"그만둬라! 너희들 때문에 어지러워."

여왕이 소리쳤습니다. 그리고 장미나무를 바라보며 계속 말했습니다.

"여기서 뭘 하고 있었느냐?"

"여왕 폐하, 제가 말씀드리겠습니다. 우리는 시도하고 있었습니다……."

2번이 매우 겸손한 태도로 한쪽 무릎을 꿇고 말했습니다.

"알았다!"

여왕이 말하며, 그 사이 장미를 살펴보고 있었습니다.

"그들의 머리를 베어버려!"

그리고 행렬은 계속 진행되었고, 불행한 정원사들을 처형하기 위해 세 명의 병사가 뒤에 남아 있었고, 그들은 도움을 청하기 위해 앨리스에게 달려갔습니다.

“당신들은 절대로 목이 베이지 않을 거예요!”

앨리스가 말하며, 그들을 근처에 서 있던 큰 화분 안에 넣었습니다. 세 명의 병사들은 잠시 동안 정원사들을 찾으려고 돌아다니다가, 조용히 다른 이들을 따라 행렬을 따라갔습니다.

“그들의 머리를 잘랐느냐?”

여왕이 외쳤습니다.

“여왕 폐하께서 기뻐하신다면, 그들의 머리는 사라졌습니다!”

병사들이 소리쳐 대답했습니다.

“잘했다!”

여왕이 외쳤습니다.

“크로켓을 할 줄 아느냐?”

병사들은 조용히 앉아 앨리스를 바라보았고, 그 질문은 분명 앨리스에게 한 것이었습니다.

“네!”

앨리스가 외쳤습니다.

“자, 그럼 이리 오렴!”

여왕이 고함을 지르자, 앨리스는 행렬에 합류하며 다음에 무슨 일이 일어날지 매우 궁금해 했습니다.

“아, 아주 좋은 날씨에요!”

앨리스의 곁에서 소심한 목소리가 말했습니다. 앨리스는 하얀 토끼 옆을 지나고 있었고, 하얀 토끼는 불안하게 앨리스의 얼굴을 들여다보고 있었습니다.

"바로 그, 공작부인은 어디에 있어요?"

앨리스가 말했습니다.

"쉿! 쉿!"

하얀 토끼가 낮고 급한 목소리로 말했습니다. 그는 말을 하면서 불안하게 어깨너머를 살펴보았고, 그러고 나서 발끝으로 몸을 세운 다음, 앨리스의 귀에 입술을 가까이 대고 속삭였습니다.

"공작부인은 사형 선고를 받았어."

"왜요?"

앨리스가 말했습니다.

"혹시 '무척 안됐군요!'라고 말했니?"

하얀 토끼가 물었습니다.

"아니요, 나는 그렇게 말하지 않았어요."

앨리스가 말했습니다.

"나는 전혀 유감이라고 생각하지는 않아요. 나는 '무슨 이유로?'라고 말했을 뿐이에요."

"공작부인이 여왕님의 따귀를 때렸어……."

하얀 토끼가 말을 시작했습니다. 앨리스는 작게 웃음을 터뜨렸습니다.

"오, 조용히 해!"

하얀 토끼가 두려운 목소리로 속삭였습니다.

"여왕님이 들으면 안 돼! 공작부인이 꽤 늦게 왔고, 여왕님이 말씀하셨어……."

"너희 자리로 가라!"

여왕님이 천둥 같은 목소리로 외치자 사람들은 사방으로 뛰어다니기 시작했고, 서로 부딪치기도 했습니다. 그러나 그들은 얼마 후에 진정이 되었고, 크로켓 경기가 시작되었습니다. 앨리스는 여태껏 이렇게 호기심 가득한 크로켓 경기장을 본 적이 없다고 생각했습니다. 그곳은 모두 구불구불한 능선과 움푹 팬 골들로 이루어져 있었고, 공은 살아 있는 고슴도치에, 나무망치는 살아 있는 홍학이었으며, 병사들은 몸을 둥글게 말아 구부리고 손과 발로 서로 잡아 골대를 만들고 있었습니다.

앨리스가 크로켓 경기를 하기에 앞서 가장 먼저 겪는 어려움은 홍학을 다루는 것이었습니다. 앨리스는 홍학의 몸을 팔 아래에 편안히 끌어다 놓는 데 성공했지만, 다리는 늘어뜨린 채로 있었습니다. 그러나 앨리스가 홍학의 목을 잘 펴고 고슴도치를 그 머리로 한번 쳐주려 할 때마다, 홍학은 자신의 몸을 비틀어 앨리스의 얼굴을 쳐다보며 당황스러운 표정을 지었고, 그 모습에 앨리스는 웃음을 터뜨릴 수밖에 없었습니다. 그리고 앨리스가 홍학의 머리를 숙이고 다시 시작하려고 할 때, 고슴도치가 몸을 푼 상태로 기어가려는 중이라는 사실을 알고는 매우 화가 났습니다. 이외에도, 앨리스가 고슴도치를 보내고 싶은 곳에는 보통 울퉁불퉁한 고랑이 있거나 장애물이 있었고, 게다가 접힌 병사들이 항상 일어나서 다른 곳으로 가는 바람에, 앨리스는 곧 이 경기가 어려울 것이라는 결론에 도달했습니다.

앨리스가 홍학(나무망치)과 고슴도치(공)로
크로켓 경기를 하려고 하고 있습니다

선수들은 차례를 기다리지 않고 한꺼번에 날뛰며, 내내 싸우고 고슴도치를 차지하기 위해 싸웠습니다. 그리고 경기를 시작한 지 그리 얼마 되지 않은 시간에 여왕은 격노하여 발을 구르며 매 분마다 이렇게 외쳤습니다.

"그놈의 머리를 베어라!"

"그녀의 머리를 베어라!"

앨리스는 매우 불안해지기 시작했습니다. 앨리스는 아직 여왕과 아무다툼도 하지 않았지만, 언제든지 그런 일이 발생할 수 있다는 것을 알고 있었기 때문에 생각했습니다.

'그럼, 난 어떻게 될까? 이곳에서는 사람을 죽이는 것을 무척 좋아하기 때문에, 살아남은 사람이 있는 것이 신기할 따름이야!'

앨리스는 도망가는 방법을 찾기 위해 주위를 살펴보았고, 누군가에게 보이지 않고 빠져나갈 수 있을지 고민하고 있었을 때, 공중에서 이상한 모습을 발견했습니다. 처음에는 그것이 매우 혼란스러웠지만, 잠시 동안 지켜본 후에 그것이 미소라는 것을 알아차렸습니다. 그리고 앨리스는 혼잣말을 했습니다.

"저건 체셔 고양이잖아. 이제는 이야기할 누군가가 생겼네."

"어떻게 지내니?"

말할 수 있는 입이 생기자마자, 체셔 고양이가 말했습니다.

앨리스는 체셔 고양이의 눈이 나타날 때까지 기다렸다가 고개를 끄덕였습니다. 앨리스는 생각했습니다.

'두 귀가 나오거나 아니면 적어도 하나라도 나오기 전에는 말해도 소용이 없겠지.'

1분 정도 지나자 전체 머리가 나타났고, 그 때 앨리스는 자신의 홍학을 내려놓고 크로켓 경기에 대한 이야기를 시작했습니다. 누군가 들어줄 사람이 있다는 것이 매우 기뻤습니다. 체셔 고양이는 이제 충분히 보이기 때문에 앨리스는 더 이상 나타나지 않을 것이라고 생각했습니다.

"나는 이 경기가 전혀 공정하지 않다고 생각해요."

앨리스가 다소 불평스러운 목소리로 얘기를 시작했습니다.

"그들은 너무 큰 소리로 싸워서 자신이 말하는 소리를 들을 수도 없어요. 그들에게는 특별한 규칙이 없는 것 같아요. 규칙이 있어도, 아무도 그것을 지키지 않는 것 같아요. 모든 것이 살아 움직이는 것 같아서 얼마나 혼란스러운지 모르실 거예요. 예를 들어, 제가 다음에 지나가야 할 골대가 반대편으로 걸어 다니는가 하면, 방금 전에 여왕의 고슴도치를 크로켓하려고 했는데, 제 고슴도치가 보자마자 도망가 버렸어요!"

"여왕님이 마음에 드니?"

체셔 고양이가 낮은 목소리로 말했습니다.

"전혀 그렇지 않아요. 여왕은 너무 극도로……."

앨리스가 말했습니다. 그 순간 여왕이 자신 뒤에 가까이 다가와 듣고 있다는 것을 알아차렸습니다. 그래서 계속해서 말했습니다.

"……이길 가능성이 너무 높아서 게임을 끝낼 가치가 거의 없어요."

여왕이 미소를 지으며 지나갔습니다.

"누구와 이야기하고 있니?"

왕이 말했습니다. 그리고 앨리스에게 다가가서 체셔 고양이의 머리를 매우 진기한 듯 바라보았습니다.

"소개할게요. 내 친구예요. 체셔 고양이예요."

앨리스가 말했습니다.

"모습이 전혀 마음에 들지 않는구나. 그렇지만 원한다면 내 손에 입맞춤을 해도 좋다."

왕이 말했습니다.

"별로 하고 싶지 않은데요."

체서 고양이가 말했습니다.

"무례하게 굴지 마라. 그리고 그렇게 보지 마라!"

왕이 말하면서 앨리스 뒤로 갔습니다.

"'고양이도 왕을 볼 수 있다.' 어떤 책에서 읽어본 것 같은데요. 어디서인지는 기억이 나지 않아요."

앨리스가 말했습니다.

"그래, 그렇지만 저 고양이는 없애야 해."

왕이 매우 단호하게 말했습니다. 그리고 왕은 지나가고 있던 여왕을 불렀습니다.

"여보! 이 체서 고양이를 없애 주었으면 좋겠어요!"

여왕은 크거나 작은 모든 문제를 해결하는 한 가지 방법만 있었습니다.

"그의 머리를 베어라!"

여왕은 주위를 돌아보지도 않고 말했습니다.

"내가 직접 집행인을 데려오겠다."

왕이 열정적으로 말했습니다. 그리고 왕은 서둘러 이 자리를 떠났습니다.

멀리서 여왕의 열정적인 비명이 들려왔기 때문에 앨리스는 돌아가서 경기가 어떻게 진행되고 있는지 보아야겠다고 생각했습니다. 여왕은 이미 세 명의 선수가 차례를 놓쳐서 처형당하는 선고를 내렸고, 앨리스는 상황이 전혀 좋지 않다는 것을 느꼈습니다. 경기가 너무 혼란스러워서 자신의 차례인지 아닌지 전혀 알 수가 없었기 때문입니다. 그래서 앨리스는 고슴도치를 찾으러 갔습니다.

앨리스의 고슴도치는 다른 고슴도치와 싸우고 있었고, 그것은 앨리스에게 한 놈으로 다른 한 놈을 칠 수 있는 아주 좋은 기회인 것처럼 보였습니다. 그렇지만 앨리스의 홍학이 경기장의 반대편인 정원의 다른 쪽으로 가버렸고, 앨리스의 홍학이 나무 위로 날아 올라가려고 애쓰고 있는 모습을 볼 수 있었습니다.

앨리스가 홍학을 잡아 돌아왔을 때는 싸움은 모두 끝났고 두 마리 고슴도치 모두 모습을 감추었습니다. 앨리스는 생각했습니다.

'하지만 별로 상관없어. 왜냐하면 이쪽 땅의 모든 골대가 사라졌거든.'

그래서 앨리스는 홍학이 다시 도망가지 않도록 팔 아래에 끼워 넣고, 친구와 조금 더 대화를 나누려고 체셔 고양이가 있는 곳으로 돌아갔습니다.

체셔 고양이에게 돌아갔을 때, 앨리스는 그 주위에 꽤 많은 사람들이 모여 있는 것을 보고 놀랐습니다. 사형 집행인, 왕, 여왕간에 동시에 이야기하는 분쟁이 있었고, 나머지 사람들은 모두 조용하지만 매우 불편해 보였습니다.

사형 집행인이 체서 고양이의 머리를 베는 것에 대해
왕과 논쟁하고 있습니다

앨리스가 나타나는 순간, 세 사람 모두 앨리스에게 문제를 해결해 달라고 부탁했으며, 그들은 앨리스에게 자신들의 주장을 반복했습니다. 하지만 모두가 동시에 말했기 때문에 앨리스는 그들이 정확히 무엇을 말하는지 이해하기가 매우 어려웠습니다.

사형 집행인의 주장은, 머리를 잘라낼 몸이 없으면 머리를 자를 수 없다는 것이었습니다. 그는 전에 그런 일을 해 보지도 않았고, 이제는 다시 시작하지도 않을 것이라는 것이었습니다.

왕의 주장은 머리가 있는 것은 무엇이든지 처형당할 수 있다는 것이었고, 사형 집행인에게 헛소리를 하지 말라는 것이었습니다.

여왕의 주장은, 만약 이 문제에 대해 신속하게 조치를 취하지 않으면 여기 있는 모두를 처형할 것이라는 것이었습니다(이 마지막 발언이 모든 사람들을 그렇게 심각하고 불안하게 보이게 만든 것이었습니다.).

"체셔 고양이는 공작부인의 것이니 공작부인에게 물어보는 게 좋겠어요."

앨리스는 달리 할 말이 생각나지 않아서 이렇게 말했습니다.

"공작부인은 감옥에 있으니, 얼른 가서 이리로 데려와라."

여왕은 사형 집행인에게 말했습니다. 그러자 사형 집행인은 화살처럼 날아갔습니다.

체셔 고양이의 머리는 사형 집행인이 사라진 순간부터 사라지기 시작했고, 사형 집행인이 공작부인과 함께 돌아왔을 때, 완전히 사라졌습니다. 그래서 왕과 사형 집행인은 체셔 고양이의 머리를 찾아 미친 듯이 이리저리 뛰어다녔고, 다른 사람들은 경기를 하기 위해 경기장으로 돌아갔습니다.

제09장

가짜 거북이의 이야기

"다시 만나서 얼마나 기쁜지 상상도 못할 거예요. 사랑하는 오랜 친구!"

공작부인이 말하며 애정 어린 손을 앨리스의 팔에 끼우고 함께 걸어갔습니다.

앨리스는 공작부인이 기분이 좋은 상태에 있다는 것을 알고 매우 기뻤으며, 부엌에서 만났을 때 그녀가 그렇게 사나웠던 것은 아마도 후추 때문일 것이라고 생각했습니다.

"내가 공작부인이 되면, 나는 내 주방에 후추를 전혀 두지 않을 거야. 수프는 후추 없이도 아주 잘 되거든. 아마 사람들을 화나게 만드는 것은 항상 후추일 거야."

앨리스는 혼잣말로 중얼거렸습니다(그리 희망적인 투는 아니었지만).

앨리스는 새로운 종류의 규칙을 발견한 것에 매우 기뻐하며 덧붙였습니다.

"그리고 식초는 사람들의 마음을 틀어지게 만들고, 그리고 카모마일(국화과의 한해살이풀 또는 두해살이풀. 원산지는 프랑스. 말려서 차나 약재로 사용합니다.)이 사람들을 독하게 만들고, 그리고 보리와 설탕과 같은 것들이 아이들을 상냥하게 만든다고. 사람들도 그걸 알았으면 좋겠어. 그러면 그런 것들에 대해 그리 인색하지 않았을 텐데."

앨리스는 이때까지 이미 공작부인을 까맣게 잊어버렸고, 귀전에서 들리는 공작부인의 목소리에 조금 놀랐습니다.

"너는 무언가 다른 것에 대해 생각하고 있구나! 얘야. 그리고 그것이 네가 말하는 것을 까먹게 만드는구나. 지금 상황에 맞는 교훈이 무엇인지 딱히 생각나지 않기 때문에 말해줄 수는 없지만, 조금 지나면 생각이 날 거란다."

"아마도 하나도 없을지도 몰라요."

앨리스가 생각나서 조심스럽게 말했습니다.

"어머, 어머, 얘야! 모든 것에는 교훈이 있어. 단지 네가 그것을 찾기만 하면 된단다."

공작부인이 말을 하면서 앨리스의 곁으로 더 가까이 다가갔습니다.

앨리스는 공작부인과 이렇게 가까이 있는 것을 별로 좋아하지 않았습니다. 첫째, 공작부인이 매우 못생겼고 둘째, 공작부인은 앨리스의 어깨에 턱을 얹기에 딱 좋은 높이였는데, 그 턱은 불편하게 날카로웠기 때문입니다. 그러나 앨리스는 공작부인에게 무례하게 굴고 싶지 않아서 가능한 한 잘 참았습니다.

"게임은 지금 꽤 잘 진행되고 있네."

공작부인이 대화를 이어가려고 말했습니다.

"그래 생각났다. 그 교훈은 말이야. '아, 사랑이로구나, 사랑이로구나, 세상을 돌게 하는 것은 바로 사랑이로구나!'라는 것이다."

공작부인이 말했습니다.

앨리스가 속삭였습니다.

"누군가가 말하기를, '모두가 자신의 일에만 신경 쓰면 된다!'고."

"아, 글쎄! 그건 거의 같은 의미란다."

공작부인이 말하며 날카로운 턱을 앨리스의 어깨에 파묻으면서 덧붙였습니다.

"그리고 그것의 교훈은 이거야. '감각을 잘 챙기면 소리는 저절로 해결될 거야.'라는 것이다."

'공작부인은 교훈을 찾는 것을 너무나 좋아하네!'

앨리스는 속으로 생각했습니다.

공작부인이 잠시 말을 멈춘 후 말했습니다.

"내가 네 허리를 팔로 감싸지 않는 이유가 궁금할 것 같은데 말이야. 그 이유는 네 홍학의 성격에 어떤지 알 수 없기 때문이란다. 실험을 해볼까?"

앨리스(홍학과 함께)가 공작부인과 대화를 하고 있습니다

"홍학이 물 수도 있어요."

앨리스가 조심스럽게 대답했습니다. 공작부인은 그 말을 듣고 실험을 시도할 생각은 전혀 하지 않았습니다.

"맞아."

공작부인이 말했습니다.

"홍학과 겨자는 둘 다 물어뜯거든. 여기서의 교훈은 '깃털 달린 새들은 끼리끼리 어울린다.'는 것이다."

"그런데 겨자는 새가 아닌데요."

앨리스가 말했습니다.

"맞아요. 너는 사물을 정말 명확하게 표현하는구나!"

공작부인이 말했습니다.

"아마도 겨자는 광물인 것 같아요."

앨리스가 말했습니다.

"물론 그렇지."

공작부인이 말했습니다. 공작부인은 앨리스가 하는 모든 말에 동의할 준비가 되어 있는 것처럼 보였습니다.

"이 근처에 큰 겨자 광산(mine)이 있어. 여기서의 교훈은 '내 것(mine)이 많을수록 너의 것은 적어진다.'는 것이다."

"아, 알아요!"

공작부인의 마지막 말에 주의를 기울이지 않았던 앨리스가 소리쳤습니다.

"겨자는 채소예요. 채소처럼 보이지는 않지만, 채소가 분명해요."

"네 말이 맞아."

공작부인이 말했습니다.

"여기서의 교훈은 '보이는 대로 되라.'는 것이야. 좀 더 간단히 말하자면 '다른 사람들이 생각할 수 있는 것과 다르게 자신을 상상하지 말라.'는 것이다."

“만약 제가 적어두었다면 그걸 더 잘 이해할 수 있었을 텐데요. 하지만 그렇지 않아서 공작부인이 말씀하시는 대로 잘 따라갈 수가 없어요.”

앨리스가 아주 예의 바르게 말했습니다.

“내가 마음만 먹는다면 지금까지 한 얘기보다 더 얘기하는 건 아무것도 아니야.”

공작부인이 기쁜 목소리로 대답했습니다.

“그렇게 더 이상 이야기하지 않으셨으면 좋겠어요. 너무 힘드시잖아요.”

앨리스가 말했습니다.

“오, 그런 문제에 대해 말 안 해도 돼! 지금까지 내가 말한 모든 것을 너에게 선물로 줄게.”

공작부인이 말했습니다.

‘비싼 선물은 아니네! 저런 것을 생일 선물로 주지 않은 게 다행이네!’

앨리스가 감히 입 밖에 내지 못하고 속으로만 생각했습니다.

“이런 또 다른 생각하고 있니?”

공작부인이 날카로운 작은 턱으로 앨리스의 어깨를 또 한 번 찌르며 물었습니다.

“저도 생각할 권리가 있어요.”

앨리스는 조금 걱정이 되기 시작했기 때문에 날카롭게 말했습니다.

“돼지가 날아야 하는 권리만큼이나 있으려나. 그리고 여기서 내 교훈……..”

하지만 여기서, 공작부인의 목소리는 자신이 가장 좋아하는 단어인 ‘교훈’의 중간쯤에서 잦아들었고, 앨리스의 팔에 연결된 팔까지 떨리기 시작했습니다. 앨리스가 고개를 들어 위를 바라보니, 그들 앞에는 여왕이 팔짱을 끼고 서 있었으며, 천둥 폭풍처럼 얼굴을 찡그리고 있었습니다.

“멋진 날이네요. 여왕 폐하!”

공작부인은 낮고 약한 목소리로 말했습니다.

“자, 공정한 경고를 하지. 네가 꺼지거나 네 머리가 꺼지거나 둘 중 하나를 해야 해. 그것도 즉시! 선택해!”

여왕이 땅바닥을 쿵쿵 밟으며 소리쳤습니다.

공작부인은 자신을 선택하고 순식간에 사라졌습니다.

“경기를 계속하자.”

여왕이 앨리스에게 말했습니다. 앨리스는 너무 무서워서 한 마디도 할 수 없었으며, 천천히 여왕을 따라 크로켓 경기장으로 돌아갔습니다.

다른 손님들은 여왕이 자리를 비운 틈에 그늘에서 쉬고 있었는데, 여왕을 보자마자 급히 경기장으로 돌아갔고, 여왕은 단지 조금이라도 경기를 지연시키면 목숨을 잃게 될 것이라고 쏘아붙였습니다.

게임을 하는 내내 여왕은 다른 선수들과 말다툼을 멈추지 않았고, 크게 외쳤습니다.

"머리를 베어라!"

"머리를 베어라!"

여왕이 사형을 선고한 사람들은 병사들에 의해 구금되었습니다. 그런데 이 병사들은 골대 역할을 하던 병사들이기 때문에 아치를 풀어서 골대 역할을 그만둬야 했으며, 결국 30분쯤 지났을 무렵에는 골대가 하나도 남지 않게 되었습니다. 왕, 여왕, 앨리스를 제외한 모든 선수들은 사형을 선고 받고 구금되었습니다.

그때 여왕은 숨을 가빠하며 멈추어서 앨리스에게 말했습니다.

"너는 벌써 가짜 거북이를 보았느냐?"

"아니요. 저는 가짜 거북이가 뭔지조차 몰라요."

앨리스가 말했습니다.

"가짜 거북이 수프가 만들어지는 재료야."

여왕이 말했습니다.

"나는 한 번도 본 적도 들은 적도 없어요."

앨리스가 말했습니다.

"자, 그러면 이리 와라. 가짜 거북이가 자기의 이야기를 해줄 거야."

여왕이 말했습니다.

앨리스는 여왕과 함께 걸어가면서 왕이 모든 사람들 전체에게 낮은 목소리로 말하는 것을 들었습니다.

"너희들을 모두 사면한다."

“아, 그건 좋은 일이야!”

앨리스는 혼잣말을 했습니다. 왜냐하면 앨리스는 여왕의 명령으로 처형되는 사람의 수가 너무 많아서 꽤나 우울했기 때문입니다.

그들은 곧 태양 아래서 깊이 잠들어 있는 그리핀을 발견했습니다(그리핀이 무엇인지 모른다면, 그림을 보기 바랍니다.).

잠들어 있는 그리핀

“일어나, 이 게으른 것아!”

여왕이 말했습니다.

“그리고 이 젊은 아가씨를 가짜 거북이를 보러 데리고 가고, 가짜 거북이에게 이 젊은 아가씨에게 이야기를 들려주라고 해. 나는 내가 명령한 처형이 제대로 집행이 됐는지 확인하러 돌아가

봐야 하니까."

그리고는 여왕은 자리를 떠났고, 앨리스는 그리핀과 둘만 남게 되었습니다. 앨리스는 그리핀의 모습이 그리 마음에 들지 않았지만, 전반적으로 사나운 여왕을 쫓아가는 것보다 그리핀과 함께 있는 것이 더 안전할 것이라고 생각했습니다. 그래서 앨리스는 기다리기로 했습니다.

그리핀은 앉아서 눈을 비비고, 여왕이 시야에서 사라질 때까지 지켜보았습니다. 그리고는 웃었습니다.

"정말 재미있어!"

그리핀이 자신에게 하는 말인지, 앨리스에게 하는 말인지 알 수 없이 애매모호하게 말했습니다.

"뭐가 재미있나요?"

앨리스가 말했습니다.

"여왕 때문이지. 이건 모두 그녀의 환상이야. 그들은 절대 어느 누구도 처형되지 않아, 알 수 있을 거야. 이리 와라!"

그리핀이 말했습니다.

'여기서 모두 '이리 와라!'라고 모두가 말하네.'

앨리스는 생각하며 천천히 그리핀을 따라갔습니다.

'지금껏 살아오면서 이렇게 명령을 많이 받은 적은 한 번도 없었어, 결코!'

앨리스와 그리핀은 멀리서 가짜 거북이가 슬프고 외롭게 작은 바위 턱에 앉아 있는 것을 보았고, 가까이 다가가자 가짜 거북이가 마음이 찢어질 듯 한숨을 쉬고 있는 소리를 들을 수 있었습니다. 앨리스는 그를 깊이 동정했습니다.

"가짜 거북이는 왜 슬픔에 잠긴 걸까요?"

앨리스가 그리핀에게 물었고, 그리핀은 이전과 거의 똑같은 말로 대답했습니다.

"그건 그의 공상일 뿐이지, 그는 슬픔이 없다는 걸 알아. 이리 와라!"

그 다음에 앨리스와 그리핀은 많은 눈물로 가득한 큰 눈으로 그들을 바라보고 있는 가짜 거북이에게 올라갔지만, 가짜 거북이는 아무 말도 하지 않았습니다.

"이 젊은 아가씨가, 당신의 이야기를 듣고 싶어 해요."

그리핀이 말했습니다.

"말해주지. 둘 다 앉아, 그리고 내가 이야기를 끝낼 때까지 한 마디도 하지 마."

가짜 거북이가 깊고 빈약한 목소리로 말했습니다.

그래서 앨리스와 그리핀이 앉았지만, 한 동안 아무런 이야기도 하지 않았습니다. 앨리스는 혼잣말을 하듯 입이 삐쭉 나온 채 생각했습니다.

'시작하지 않으면 어떻게 끝낼 수 있을지 모르겠네.'

하지만 앨리스는 인내심을 가지고 기다렸습니다.

"한 땐, 나는 진짜 거북이였어."

가짜 거북이가 깊은 한숨을 쉬며 말을 꺼냈습니다.

이 말이 끝난 후에는 매우 긴 침묵이 이어졌으며, 그 틈틈이 그리핀의 "흐즈크르!"라는 외침과 가짜 거북이의 지속적인 심한 울음소리만이 있었습니다. 앨리스는 거의 일어나서 '흥미로운 이야기 감사합니다.'라고 말하려 했지만, 더 많은 이야기가 있을 것이라는 생각을 하지 않을 수 없어서 가만히 앉아 아무것도 말하지 않았습니다.

"우리가 어렸을 때, 우리는 바다에 있는 학교에 다녔어. 주인은 늙은 거북이였어. 우린 그를 육지 거북이라고 불렀어.……."

가짜 거북이는 마침내 더 침착하게, 여전히 이따금씩 약간 흐느끼기는 했지만, 말을 이었습니다.

"그가 거북이가 아니라면, 왜 그를 육지 거북이라고 부른 거예요?"

앨리스가 물었습니다.

"그가 우리를 가르쳤기(taught us) 때문에 우리는 그를 육지 거북이(Tortoise)라고 불렀지. 넌 참 이해가 늦구나!"

가짜 거북이가 화가 나서 말했습니다.

"그렇게 단순한 질문을 하다니, 부끄러운 줄 알아야 해."

그리핀이 덧붙였습니다. 그러자 그들은 둘 다 조용히 앉아 가엾은 앨리스를 바라보았습니다. 앨리스는 땅 속으로 파고 들어가고 싶은 심정이었습니다. 마침내 그리핀이 가짜 거북이에게 말했습니다.

"계속 해요, 친구! 하루 종일 기다리게 하지 말고!"

그래서 가짜 거북이는 다음과 같은 말을 이어갔습니다.

"알았어. 우리는 바다에서 학교에 갔지만, 네가 믿지 않을 수도 있지만……."

"나는 그런 말 안 했어요!"

앨리스가 끼어들어서 말했습니다.

"했어."

가짜 거북이가 말했습니다.

"입 다물어!"

그리핀은 앨리스가 다시 말하기 전에 덧붙였습니다. 가짜 거북이가 계속 말을 이어갔습니다.

"우리는 최고의 교육을 받았어. 사실, 우리는 매일 학교에 갔거든…."

"나 역시 학교에 다녀요. 그렇게 자랑할 만한 일은 아닌 것 같은데요."

앨리스가 말했습니다.

"추가 수업도 받았어?"

가짜 거북이가 약간 불안한 목소리로 물었습니다.

"네, 우리는 프랑스어와 음악도 배웠어요."

앨리스가 말했습니다.

"빨래는?"

가짜 거북이가 말했습니다.

"물론 아니죠!"

앨리스가 성내며 말했습니다.

"아! 그렇다면 네가 다니는 학교는 정말 좋은 학교는 아니었네."

가짜 거북이가 크게 안도하는 투로 말했습니다.

"우리 학교에서는 등록금 고지서 끝에 '프랑스어, 음악, 빨래는 추가'라고 적혀 있었어요."

앨리스가 말했습니다.

"바다 깊숙한 곳에서 사는 거라면, 너는 빨래를 그리 원하지는 않았을 텐데."

"나는 그것을 배울 여유가 없었어. 나는 그냥 정규 과정만 들었을 뿐이야."

가짜 거북이가 한숨을 쉬며 말했습니다.

"그 정규 과정이 뭐였는데요?"

앨리스가 물었습니다.

"물론 처음에는 비틀거리고 몸부림치는 것이고, 그 다음으로는 수학의 다양한 것들—야망, 산만함, 추악함, 조소."

가짜 거북이가 대답했습니다.

"저는 '추악함'이라는 말을 들어본 적이 없어요. 그건 뭐죠?"

앨리스가 조심스럽게 말했습니다.

그리핀은 놀라서 두 발을 들어 올리며 외쳤습니다.

"뭐! '추하게 만들기'라는 말을 들어본 적이 없다고! 그렇다면 '아름답게 하는 것'이 무엇인지는 알겠지?"

"네. 그것은…무엇이든…더 예쁘게…만들다…는 뜻이죠."

앨리스가 애매하게 말했습니다.

"그렇다면, 만약 네가 '추하게 만들다'가 무엇인지 모른다면, 너는 얼간이라는 거야."

그리핀은 계속 말했습니다.

앨리스는 더 이상 질문할 용기가 나지 않아 가짜 거북이를 바라보며 말했습니다.

"그밖에 더 배우는 게 뭐였어요?"

"음, 미스터리가 있었지, …… 미스터리, 고대와 현대, 해양학 그리고 느릿느릿 말하기. 느릿느릿 말하기 선생님은 일주일에 한 번씩 오는 늙은 붕장어였어. 그는 우리에게 느릿느릿 말하기, 늘이기, 그리고 코일에서 기절하기를 가르쳤어."

가짜 거북이가 그의 발판에 과목들을 세어보며 대답했습니다.

"어땠어요?"

앨리스가 말했습니다.

"글쎄, 내가 직접 보여줄 수는 없어. 난 지금 몸이 너무 뻣뻣하거든. 그리고 그리핀은 그걸 배우지 못했어."

가짜 거북이가 말했습니다.

"시간이 없어서 못 배웠지. 하지만 고전 과목은 들어서 선생님에게 갔지. 그 선생님은 늙은 게였어, 정말."

그리핀이 말했습니다.

"나는 게 선생님에게는 가지 않았단다. 그가 재미있는 것과 큰 슬픔을 주는 것을 가르쳤다고 말하는 걸 들었어.”

가짜 거북이가 한숨을 쉬며 말했습니다.

“그래서 그는 그렇게 했어, 그렇게 했지.”

그리핀이 자신의 차례에 한숨을 쉬며 말했습니다. 그리고 가
짜 거북이와 그리핀은 모두 발에 얼굴을 묻었습니다.

“그럼 하루에 몇 시간 수업을 했어요?”

앨리스가 주제를 바꾸려고 서둘러서 말했습니다.

“첫날 열 시간, 다음 날 아홉 시간, 그리고 다음 날에는 계속해
서 줄어들지.”

가짜 거북이가 말했습니다.

“특이하네요!”

앨리스가 외쳤습니다.

“그래서 ‘수업’이라고 불리는 거야, 왜냐하면 하루하루 매일의
일 ‘수(數)’가 줄어들기 때문이지.”

그리핀이 말했습니다.

이것은 앨리스에게 꽤나 신선한 생각이었고, 그녀는 다음 말을
하기 전에 잠시 그것을 생각해 보았습니다. 그리고 말했습니다.

“그럼 열한 번째 날은 휴일이겠네요?”

“물론, 그렇지.”

가짜 거북이가 말했습니다.

“그러면 열두 번째 날에는 어떻게 했어요?”

앨리스가 열심히 물었습니다.

“수업에 대한 이야기는 이제 그만, 놀이에 대한 이야기를 해
줘.”

그리핀이 매우 단호한 목소리로 끼어들었습니다.

제10장

바닷가재 카드리유

카드리유는 18세기 후반과 19세기 유럽 및 그 식민지에서 유행했던 춤. 4~6개의 카드리유 춤(무용수들이 서로 마주 보고 도형을 만들며 추는 춤)의 연속으로 구성. 이후에는 오페라 멜로디의 메들리에 맞춰 자주 춤추어졌습니다.

가짜 거북이는 깊이 한숨을 쉬고 한 쪽 앞발로 눈가를 닦았습니다. 그는 앨리스를 바라보며 말을 하려 했지만, 잠시 동안 흐느낌이 그의 목을 막았습니다.

"목에 가시가 걸린 것 같아."

가짜 거북이가 말했습니다. 그래서 그리펀은 가짜 거북이를 흔들고 등을 쳐주기 시작했습니다. 마침내 가짜 거북이는 목소리를 되찾았고, 눈물이 볼을 타고 흐르는 가운데 다시 이야기를 시작했습니다.

"너는 바닷속에서 살아본 적이 없을 거야…("네, 저는 없어요."라
고 앨리스가 대답했습니다.)… 그리고 아마도 바닷가재와도 결코 접
해 본 적이 없을 거야…(앨리스는 '나는 한 번 맛본 적이 있어요.…'라고
말하려 했지만, 급히 자신의 말을 멈추고 "네, 결코."라고 말했습니다.)…그
러니 너는 바닷가재 카드리유가 얼마나 즐거운 춤인지 전혀 알 수
없을 테지!"

거울 앞에서 바닷가재 카드리유를 준비하는 바닷가재

"정말로, 몰라요. 그게 어떤 춤인데요?"

앨리스가 말했습니다.

"어떻게 하냐면, 먼저 바닷가를 따라 줄을 만들어야 해……."

그리핀이 말했습니다.

"두 줄! 바다표범, 거북이, 연어 등등. 그런 다음, 해파리를 모두 치운 다음에……."

가짜 거북이가 외치면서, 말을 계속 이어갔습니다.

"그것은 시간이 좀 걸리는 작업이야."

그리핀이 끼어들어서 말했습니다.

"…두 번 나아가고…"

"각각 바닷가재와 짝을 이루고!"

그리핀이 외쳤습니다.

"물론이지. 짝을 맞춰 두 번 전진……."

"…바닷가재를 바꾸고 같은 순서로 물러나고."

그리핀이 계속 말했습니다.

"그럼, 알잖아. 다음은 던져……."

가짜 거북이가 말을 이었습니다.

"바닷가재를!"

그리핀이 허공에 몸을 날리며 소리쳤습니다.

"…바다로 최대한 멀리…"

"그 다음 바닷가재를 쫓아 헤엄쳐!"

그리핀이 소리쳤습니다.

“바닷속에서 공중제비를 돌아라!”

가짜 거북이가 거칠게 돌아다니며 소리쳤습니다.

“다시 바닷가재를 바꿔라!”

그리핀이 목청껏 소리쳤습니다.

“다시 육지로 돌아가게 되면, 그게 첫 번째 춤 동작 순서가 끝나는 거야.”

가짜 거북이가 갑자기 목소리를 낮추며 말했습니다. 그리고 그동안 미친 듯이 뛰어다니던 가짜 거북이와 그리핀은 다시 매우 슬프게 조용히 앉아 앨리스를 바라보았습니다.

“아주 예쁜 춤일 거예요.”

앨리스가 소극적으로 말했습니다.

“조금 보고 싶니?”

가짜 거북이가 말했습니다.

“네, 정말 좋아요.”

앨리스가 말했습니다.

“자, 첫 번째 춤 동작의 순서를 해보자! 우리는 바닷가재 없이도 할 수 있어. 누가 노래를 부르지?”

가짜 거북이가 그리핀에게 말했습니다.

“아, 네가 노래를 불러. 나는 노래 가사를 까먹었어.”

그리핀이 말했습니다.

그래서 그들은 앨리스를 둘러싸고 근엄하게 빙글빙글 춤을 추기 시작했으며, 때때로 가까워질 때 앨리스의 발가락을 밟기도

했고, 가짜 거북이의 매우 느리고 슬프게 부르는 노래에 맞춰 앞
발을 흔들었습니다……:

가짜 거북이가 앨리스에게 노래를 들려주고 있습니다

"조금 더 빨리 걸어줄래?" 대구(whiting)가 달팽이에게 말했어.
뒤에 돌고래(porpoise)가 바싹 붙어서, 내 꼬리를 밟고 있어.
바닷가재와 거북이들이 얼마나 열심히 앞으로 나오는지 봐!
모두 바닷가 자갈 위에서 기다리고 있어.

와서 춤을 함께 출래요?

출래, 안 출래, 출래, 안 출래, 함께 출래?

출래, 안 출래, 출래, 안 출래, 함께 안 출래?

그들이 우리를 바닷가재와 함께 바다로 던졌을 때,

얼마나 즐거울지 정말 상상할 수 없어요!

"너무 멀어요, 너무 멀어요!"

달팽이는 대답하며 곁눈질해요.

그는 대구에게 감사하다고 말했지만 춤에는 참여하지 않겠대요.

안 춰, 못 춰, 안 춰, 못 춰, 함께 추지 않을래.

안 춰, 못 춰, 안 춰, 못 춰, 함께 출 수 없어.

"우리가 얼마나 멀리 가는지 무슨 상관이야?"

비늘 있는 친구가 대답했네.

저쪽에 또 다른 해안이 있다는 것을 알아?

영국에서 멀어질수록 프랑스에 가까워진다네.

그러니 사랑하는 달팽이야, 두려워하지 말고 와서 춤을 춰봐.

출래, 안 출래, 출래, 안 출래, 함께 출래?

출래, 안 출래, 출래, 안 출래, 함께 안 출래?

가짜 거북이와 그리핀이 앨리스에게 바닷가재 카드리유를
시연하는 있습니다

"감사합니다. 정말 흥미로운 춤을 보는군요. 그리고 저는 그 대구에 관한 신기한 노래가 정말 좋아요!"

앨리스가 마침내 끝나서 매우 기쁘게 말했습니다.

"오, 그 대구에 관해서는, 대구는…물론 본 적이 있겠지?"

가짜 거북이가 말했습니다.

"네. 나는 대구를 자주 보았이요. 지녁식…"

앨리스는 말을 하다가 급히 말을 멈췄습니다.

"'저녁식'이 어디에 있을지 모르겠는데, 네가 대구를 그렇게 자주 봤다면, 물론 대구가 어떻게 생겼는지 알고 있겠지."

가짜 거북이가 말했습니다.

"그럴지도 몰라요. 대구는 자기 꼬리를 입에 물고 있고…그리고 빵부스러기를 거의 다 뒤집어쓰고 있어요."

앨리스가 깊게 생각하며 대답했습니다.

"너는 부스러기에 대해 잘못 생각하고 있어."

가짜 거북이가 말했습니다.

"부스러기는 바닷물에 모두 씻겨 나가버릴 거야. 하지만 대구가 입에 꼬리를 물고 있기는 하지. 그 이유는……."

여기서 가짜 거북이는 하품을 하고 눈을 감았습니다. 그리고 그리핀에게 말했습니다.

"앨리스에게 그 이유와 나머지 그런 것들에 대해서도 말해줘."

"그 이유는, 그들이 바닷가재와 함께 춤을 추러 가곤 했기 때문이야. 그래서 그들은 바다에 던져졌지. 그래서 그들은 한참 떨어진 곳에 떨어져야만 했어. 그래서 그들은 꼬리를 빨리 입에 물었어. 그래서 그들은 입에서 꼬리를 다시 꺼낼 수 없었던 거야. 그게 다야."

그리핀이 말했습니다.

"감사합니다. 매우 흥미롭습니다. 나는 이전에 대구에 대해 이렇게 많은 것을 알지 못했었어요."

앨리스가 말했습니다.

"원한다면 그보다 더 많은 것을 말해 줄 수 있어. 왜 그걸 대구라고 부르는지 아니?"

그리핀이 말했습니다.

"나는 그것에 대해 생각해 본 적이 없어요. 왜?"

앨리스가 말했습니다.

"장화와 신발을 다 닦거든."

그리핀이 매우 진지하게 대답했습니다.

"장화와 신발을 닦는다고요?"

앨리스는 매우 혼란스러워했습니다. 그래서 이상한 듯한 목소리로 반복했습니다.

"왜? 네 신발은 무엇으로 닦니? 내가 말하는 것은, 신발을 반짝반짝 빛나게 하는 것이 무엇이냐는 거야?"

그리핀이 말했습니다.

앨리스는 바닷가재와 그리핀을 내려다보며 대답하기 전에 잠시 생각하고 대답했습니다.

"검정 구두약이 신발을 광내는 일을 하는 것 같아요."

"바다 속에서는 장화와 신발은, 대구(whiting)로 광을 낸단다. 이제 알겠지?"

그리핀이 굵고 깊은 목소리로 계속했습니다.

"그러면 신발(shoes)은 무엇으로 만들어졌나요?"

앨리스가 매우 호기심 가득한 투로 물었습니다.

"물론, 발바닥(soles)과 장어(eels)지. 어떤 새우도 너에게 그걸 말해줄 수 있어."

그리핀이 다소 짜증이 난 듯이 대답했습니다.

"내가 대구였다면, 돌고래에게 '물러나, 제발, 우린 네가 우리와 함께 있는 걸 원하지 않아!'라고 말했을 거예요."

앨리스가 말했습니다.

"그렇지만 돌고래를 함께 데려가야 해. 현명한 물고기는 어떤 곳도 돌고래 없이 가지 않아."

가짜 거북이가 말했습니다.

"정말 그럴까요?"

앨리스가 매우 놀란 목소리로 말했습니다.

"물론 아니야, 왜냐하면 물고기가 나에게 와서 여행을 간다고 말하면, 나는 '무슨 돌고래(porpoise)로 가는데?'라고 말할 거야."

가짜 거북이가 말했습니다.

"혹시 '목적(purpose)'이라고 말하고 싶었던 거 아니에요?"

앨리스가 말했습니다.

"내가 말 하려는 게 그거야."

가짜 거북이가 기분 상한 목소리로 대답했습니다.

"자, 이제 너의 모험 이야기를 좀 들어보자."

그리고 그리핀이 덧붙였습니다.

"오늘 아침부터 시작된 내 모험을 이야기할 수 있어요. 하지만 어제의 이야기를 다시 꺼내는 건 의미가 없어요. 왜냐하면 그땐 나는 다른 사람이었으니까."

앨리스가 약간 수줍어하며 말했습니다.

“모두 설명해줘.”

가짜 거북이가 말했습니다.

“아니, 아니! 모험이 먼저야, 설명은 정말 많은 시간이 걸려.”

그리핀이 조급한 목소리로 말했습니다.

그래서 앨리스는 하얀 토끼를 처음 만났던 때부터 자신의 모험 이야기를 하기 시작했습니다. 처음에는 조금 긴장됐지만, 가짜 거북이와 그리핀이 앨리스의 양옆에 가까이 다가와 눈과 입을 매우 크게 벌리자 용기를 얻었습니다. 앨리스의 청중은 그녀가 ‘늙으신, 윌리엄 아버지’라는 말을 애벌레에게 외우는 부분에 도달할 때까지는 완전히 조용했습니다. 단어들이 모두 다르게 나오자, 가짜 거북이는 긴 숨을 내쉬며 말했습니다.

“그거 매우 신기하네.”

“너무 궁금한 일이네.”

그리핀이 말했습니다.

“모든 단어들이 다 달랐단 말이지!”

가짜 거북이는 깊이 생각하며 반복해서 말했습니다.

“나는 지금 앨리스가 뭔가를 외우려고 하는 소리를 듣고 싶어. 시작하라고 말해줘.”

가짜 거북이는 앨리스에 대한 어떤 권리가 있다고 생각하는 듯 그리핀을 바라보았습니다.

“일어나서 ‘이것은 게으름뱅이의 목소리’를 외워봐.”

그리핀이 말했습니다.

'생물들이 나에게 이렇게 명령하는 것을 따르느니, 차라리 학교 수업을 듣는 게 낫겠는 걸! 아니, 아예 학교에 있는 것이 낫겠어.'

앨리스는 생각했습니다.

그러나 앨리스는 일어나서 그것을 외우기 시작했지만, 그녀의 머릿속에는 바닷가재 카드리유로 가득 차서, 자신이 뭐라고 하는지 거의 알지 못했습니다. 그래서 말은 정말 이상하게 나왔습니다.

이것은 바닷가재의 목소리라네.
나는 그가 선언하는 것을 들었네.
나를 너무 갈색으로 구워버렸어.
나는 내 머리에 설탕을 부어야 해.
눈꺼풀을 가진 오리처럼, 바닷가재는 코를 가지고 있지.
그의 허리띠와 단추를 정리하고, 그의 발가락을 쭉 뻗는다네.

[나중 판본에서는 다음과 같이 계속됩니다.]
모래가 모두 마르면 그는 종달새처럼 즐겁고,
상어를 경멸하는 어조로 이야기하네.
하지만 조수가 올라가고 상어가 주변에 있을 때,
그의 목소리는 소심하고 떨리는 소리가 난다네.

"내가 어릴 때 외우던 시랑 다른데."
그리핀이 말했습니다.

"글쎄, 난 한 번도 들어본 적이 없어. 하지만 그건 흔치 않은 헛소리처럼 들리는데."

가짜 거북이가 말했습니다.

앨리스는 아무 말도 하지 않았습니다. 앨리스는 손으로 얼굴을 감싸고 앉아, 다시 무언가가 일어날지 궁금해 했습니다.

"설명을 듣고 싶어."

가짜 거북이가 말했습니다.

"앨리스는 설명할 수 없어. 다음 구절로 넘어가."

그리핀이 서둘러 말했습니다.

"하지만 그의 발가락에 대해서는? 그가 어떻게 코로 발가락을 바깥으로 돌릴 수 있겠어, 알겠어?"

가짜 거북이가 계속 질문했습니다.

"춤에서의 첫 번째 위치예요."

앨리스가 말했습니다. 그러나 앨리스는 모든 것이 심각하게 엉망이어서 대화의 주제를 바꾸고 싶어 했습니다.

"다음 구절로 넘어가세요. 그는 '나는 그의 정원을 지나쳤다.'로 시작해요."

그리핀이 성급하게 반복해서 말했습니다.

앨리스는 모두 잘못될 것이라는 걸 알았지만, 감히 반항하지 못하고 떨리는 목소리로 계속 말했습니다.

"나는 그의 정원을 지나쳤고, 한쪽 눈으로 관찰했다.

올빼미와 표범이 어떻게 파이를 나누고 있는지를……."

[나중 판본에서는 다음과 같이 계속됩니다.]
표범은 파이 껍질과 육즙, 그리고 고기를 가져갔고,
올빼미는 그 대접에서 몫을 가졌다.
파이가 다 끝났을 때, 올빼미는 은혜로,
수저를 주머니에 넣을 수 있게 허락받았다.
반면 표범은 으르렁거리며 나이프와 포크를 받았고,
그렇게 연회를 마무리 지었다…….

"그 모든 것을 외우는 게 무슨 소용이야. 그것을 외우면서도 설명하지 못하면? 내가 들어본 것 중 가장 말도 안 되는 소리였어!"

가짜 거북이가 끼어들며 말했습니다.

"그래. 더 이상 하지 않는 게 좋겠어."

그리핀은 말했습니다. 앨리스는 외우는 일을 하지 않게 되어 매우 기뻤습니다.

"바닷가재 카드리유의 다른 동작을 시도해 볼까? 아니면 가짜 거북이가 노래를 불러주길 원해?"

그리핀은 계속 말했습니다.

"오, 노래 하나 해주세요. 만약 가짜 거북이가 그렇게만 해준다면."

앨리스가 대답했습니다. 그리핀은 다소 기분이 상한 듯한 어투로 말했습니다.

"흠! 취향에 대한 것은 어떻게 설명할 수 없군! '거북이 수프'를 불러주게, 좋은 친구여?"

가짜 거북이는 깊이 한숨을 쉬며 때때로 흐느끼는 목소리로 이렇게 노래를 부르기 시작했습니다.

아름다운 수프, 그렇게 풍부하고 푸르른,

뜨거운 냄비에서 기다리고 있네!

누가 이런 맛있는 것을 마다하겠는가?

저녁의 수프, 아름다운 수프!

저녁의 수프, 아름다운 수프!

아―름다운 수―프!

아―름다운 수―프!

저―녁의 수―프,

아름답고, 아름다운 수프!

아름다운 수프! 생선이나 고기,

또는 다른 어떤 요리를 누가 신경 쓰겠는가?

아름다운 수프 2페니어치라도

다른 모든 것을 포기하지 않을 사람이 누가 있겠는가?

아름다운 수프 1페니어치라도

다른 모든 것을 포기하지 않을 사람이 누가 있겠는가?

아—름다운 수—프!

아—름다운 수—프!

저녁의 수—프,

아름답고, 아—름—다—운 수프!

"다시 합창!"

그리핀이 외쳤고, 가짜 거북이가 막 그것을 반복하기 시작했을 때, 멀리서 날카로운 외침이 들렸습니다.

"재판이 시작된다!"

"이리 와라!"

그리핀이 외치며, 앨리스의 손을 잡고 노래가 끝나기를 기다리지 않고 급히 떠났습니다.

"무슨 재판이야?"

앨리스가 뛰어가며 숨을 몰아쉬며 물었습니다.

"어서 와!"

그리핀은 더욱 빨리 재촉하며 달렸습니다. 그들을 따라오는 바람에 실려 노랫소리는 점점 더 희미하게 다가오는 슬픈 가락이었습니다.

저—녁의 수—프,

아름답고, 아름다운 수프!

제11장

누가 타르트를 훔쳤나?

하트의 왕과 여왕은 앨리스와 그리핀이 도착했을 때 그들의 왕좌에 앉아 있었고, 그들 주위에는 수많은 여러 종류의 작은 새들과 짐승들, 그리고 전체 카드 무리들이 모여 있었습니다. 그 앞에는 잭이 사슬에 묶여 서 있었고, 양쪽에는 그를 지키는 병사들이 서 있었습니다. 그리고 왕 근처에는 하얀 토끼가 한 손에 나팔을, 다른 손에 양피지 두루마리를 들고 있었습니다. 법정 한가운데에는 큰 타르트 접시가 있는 탁자가 있었고, 그것들은 너무 맛있어 보였기 때문에 앨리스는 그것들을 보는 것만으로도 배가 고파졌습니다.

'이들의 재판이 빨리 끝났으면 좋겠어. 그래서 그 다음에 다과를 나눌 수 있었으면 좋겠어!'

앨리스는 생각했습니다. 하지만 그런 기회는 없는 것 같이 보였습니다. 그래서 시간을 보내기 위해 주위를 둘러보기 시작했습니다.

앨리스는 이전에 법정에 가본 적이 없었지만, 책에서 법정에 대해 읽은 적이 있어서 그곳의 거의 모든 이름을 알고 있다는 사실에 꽤나 기뻤습니다.

"저건 판사야. 그의 화려한 가발 덕분에 알겠어."

앨리스는 혼잣말로 중얼거렸습니다.

그런데 판사는 왕이었고, 가발 위에 왕관을 썼기 때문에 전혀 편안해 보이지 않았고, 분명히 어울리지도 않았습니다.

'그리고 저것이 배심원석이야, 그리고 저 12생명체들(앨리스는 일부는 동물이고 일부는 새였기 때문에 '생명체들'이라고 말해야 했습니다.), 나는 그들이 배심원이라고 생각해.'

앨리스가 생각했습니다.

앨리스는 이 마지막 단어를 두세 번 되새기면서 자존감이 느껴졌습니다. 왜냐하면 앨리스는 그녀의 또래 소녀들 중에서 그 의미를 아는 이가 매우 적다고 생각했기 때문입니다. 그렇지만 '배심원단'이라는 표현도 마찬가지로 괜찮았을 것입니다.

12명의 배심원들은 모두 석판에 매우 바쁘게 뭔가를 쓰고 있었습니다.

"배심원은 무슨 일을 하고 있는 거지요? 재판이 시작되기 전이라서 적어둘 것이 없을 텐데요."

앨리스가 그리핀에게 속삭였습니다.

"배심원은 이름을 적고 있어요. 재판이 끝나기 전에 이름을 잊어버릴까 봐."

그리핀은 대답하며 속삭였습니다.

"어리석은 것들!"

앨리스가 큰 소리로 분개하여 말하기 시작했지만, 재빠르게 멈추었습니다. 왜냐하면 하얀 토끼가 "법정에서 조용히 하세요!"라고 외쳤고, 왕은 안경을 끼고 누가 말을 하고 있는지 세심하게 주위를 둘러보았기 때문입니다.

앨리스는 마치 그들의 어깨 너머를 들여다보는 것처럼 모든 배심원들이 자신들의 석판에 '어리석은 것들!'이라고 적고 있는 것을 볼 수 있었고, 그 중 한 명은 '어리석은'의 철자를 몰라서 이웃에 있는 배심원에게 물어보는 것을 보았습니다.

'재판이 끝나기 전에 그들의 석판은 정말 엉망이겠구나!'

앨리스는 생각했습니다.

배심원 중 한 명이 연필로 삐걱거리는 소리를 내고 있었습니다. 물론, 앨리스는 이를 견딜 수 없었고, 그녀는 법정 주위를 돌아서 그 배심원 뒤로 가서 곧바로 연필을 빼앗을 기회를 찾았습니다. 앨리스가 그 연필을 빼앗는 동작이 너무 빨라서 불쌍한 작은 배심원(그는 도마뱀인 빌이었습니다.)은 뭐가 어떻게 되었는지 전혀 알 수 없었습니다. 그래서 그는 연필을 찾으려고 여기저기 다니고 나서는, 결국 남은 시간에 한 손가락으로 글을 써야 했습니다. 이것은 석판에 전혀 흔적을 남기지 않았기 때문에 그다지 유용하지 않았습니다.

"전령관, 고발장을 읽어라!"

왕이 말했습니다.

이에 하얀 토끼가 나팔을 세 번 불고는 양피지를 펼쳐서 다음
과 같이 읽었습니다.

하얀 토끼가 전령관 옷을 입고 나팔을 불고 있습니다

하트의 여왕, 어느 여름날에 타르트를 만들었어요,

하트 잭이 그 타르트를 훔쳤고, 아주 멀리 가져갔어요!

"평결을 하라."

왕이 배심원단에게 말했습니다.

"아직 아닙니다. 아직 아니에요! 그보다 더 많은 일이 남아 있어요!"

하얀 토끼가 서둘러 끼어들어 말했습니다.

"첫 번째 증인을 불러라."

왕이 말했습니다. 그리고 하얀 토끼가 나팔을 세 번 불고 외쳤습니다.

"첫 번째 증인!"

첫 번째 증인은 모자 장수였습니다. 그는 한 손에 다과 컵을, 다른 손에는 빵 한 조각을 들고 들어왔습니다.

"죄송합니다. 폐하. 이것들을 가져오는 것에 대해 사죄드립니다. 하지만 제가 차를 다 마시기 전에 호출을 받았답니다."

모자 장수가 서둘러 법정에 도착하여
증언하다

모자 장수는 이야기를 시작했습니다.

"차를 다 마시고 왔어야지, 언제부터 차를 마시기 시작했나?"

왕이 말했습니다.

모자 장수는 3월 토끼를 보았습니다. 3월 토끼는 겨울잠쥐와 팔짱을 낀 채로 법정에 따라 들어왔습니다.

“3월 14일이라고 생각합니다.”

모자 장수가 말했습니다.

“15일이야.”

3월 토끼가 말했습니다.

“16일이야.”

겨울잠쥐가 덧붙여 말했습니다.

“그걸 적어 둬.”

왕이 배심원에게 말하자, 배심원들은 열심히 세 날짜를 모두 메모한 다음, 더하고 그 답을 돈(실링과 펜스)으로 환산했습니다.

“모자를 벗어라.”

왕이 모자 장수에게 말했습니다.

“이건 제 것이 아닙니다.”

모자 장수가 말했습니다.

“훔쳤군!”

왕이 외치며 배심원들에게 돌아섰고, 배심원들은 즉시 그 사실을 기록했습니다.

“나는 그것들을 팔기 위해 가지고 있는 겁니다. 내 것은 없어요. 나는 모자 장수입니다.”

모자 장수는 설명을 덧붙였습니다.

여기서 여왕은 안경을 끼고, 모자 장수를 노려보았습니다. 모자 장수는 얼굴이 창백해지고 불안해졌습니다.

"긴장하지 말고, 증언하라. 그렇지 않으면 즉시 사형에 처할 것이다."

왕이 말했습니다.

이것은 증인을 전혀 격려하는 말처럼 보이지 않았습니다. 그는 한 발에서 다른 발로 계속 옮겨 다니며 불안하게 여왕을 쳐다보았고, 당황한 나머지 빵과 버터를 먹는다는 것을 큰 조각의 찻잔을 물어뜯고 말았습니다.

바로 이 순간 앨리스는 매우 묘한 감각을 느꼈고, 그것이 무엇인지 알기까지 많은 혼란을 겪었습니다. 앨리스는 다시 몸이 커지기 시작하고 있었고, 처음에는 일어나서 법정을 떠나고 싶어 했지만, 다시 생각해 보니 자신에게 공간이 있는 한 자리에 남기로 결정했습니다.

"너무 조이지 않았으면 좋겠어. 나는 거의 숨을 쉴 수 없어."

앨리스 옆에 앉아 있던 겨울잠쥐가 말했습니다.

"어쩔 수 없어요. 나는 지금 자라고 있거든요."

앨리스가 아주 온순하게 말했습니다.

"넌 여기서 자랄 권리가 없어."

겨울잠쥐가 말했습니다.

"바보 같은 소리 하지 마요. 누구나 키가 자라는 있다는 걸 알잖아요."

앨리스가 더 대담하게 말했습니다.

"그렇지. 하지만 나는 정상적인 속도로 자라지. 너처럼 우스꽝스럽게는 아니라고."

겨울잠쥐가 말했습니다. 그리고 그는 매우 심술궂게 일어나서 법정의 다른 편으로 건너갔습니다.

그동안 여왕은 모자 장수를 계속 뚫어지게 쳐다보고 있었고, 겨울잠쥐가 궁정을 가로지르자 여왕은 궁정의 한 관리에게 말했습니다.

"지난 음악회의 가수 목록을 가져오라!"

그러자 불쌍한 모자 장수는 너무 떨려서 두 신발이 모두 벗겨졌습니다.

"증언하라. 그렇지 않으면 네가 겁먹든 말든 사형에 처하겠다."

왕이 화를 내며 반복해서 말했습니다.

"저는 불쌍한 사람입니다. 폐하. 저는 차를 마시기 시작한지도 일주일 정도 밖에 안 되었습니다.…버터 바른 빵도 너무 얇아지고……, 차가 반짝이고……."

모자 장수가 떨리는 목소리로 시작했습니다.

"무엇이 반짝이고 있다고?"

왕이 말했습니다.

"차(Tea)로 시작하는 게 반짝(twinkling)이죠."

모자 장수가 대답했습니다.

"물론 반짝(twinkling)이는 건 차(T)로 시작하지! 내가 바보로 보이나? 계속해!"

왕이 날카롭게 말했습니다.

"나는 불쌍한 사람입니다. 그리고 그 뒤로 대부분의 것들이 반짝였는데…오직 3월 토끼만이 말했지……."

모자 장수가 계속했습니다.

"저는 아무 말도 안 했어요!"

3월 토끼가 급하게 끼어들며 말했습니다.

"네가 했잖아!"

모자 장수가 말했습니다.

"나는 그것을 부인해!"

3월 토끼가 말했습니다.

"3월 토끼가 부인하니까 그 부분은 기록에서 빼라."

왕이 말했습니다.

"아무튼, 겨울잠쥐가 이렇게 말했습니다.……."

모자 장수는 계속 말을 하면서 주위에 있는 사람들이 부정할까 봐 불안하게 둘러보았습니다. 하지만 겨울잠쥐는 아무것도 부정하지 않았고, 깊이 잠들어 있었습니다.

"그 후에, 나는 더 많은 빵과 버터를 잘랐습니다.……."

모자 장수는 계속 말했습니다.

"겨울잠쥐는 뭐라고 말했나요?"

배심원 중 한 명이 물었습니다.

"그건 제가 기억이 나지 않아요."

모자 장수가 말했습니다.

"너는 기억해야 한다. 그렇지 않으면 너를 사형에 처할 것이다."

왕이 말했습니다.

비참한 모자 장수가 그의 찻잔과 빵을 떨어뜨리며 무릎을 꿇었습니다.

"저는 불쌍한 사람입니다. 폐하."

모자 장수가 말을 시작했습니다.

"너는 아주 형편없는 말재주꾼이구나."

왕이 말했습니다.

여기서 기니피그 한 마리가 환호성을 질렀고, 법정의 관리들에 의해 즉시 '제압'되었습니다('제압'은 다소 어려운 단어이므로 어떻게 이루어졌는지 설명하겠습니다. 그들은 커다란 캔버스 자루를 가지고 있었는데, 그 자루는 입 부분을 끈으로 묶었습니다. 그들은 그 안에 기니피그의 머리를 먼저 밀어 넣고, 그 위에 앉았습니다.).

'이런 것을 직접 보다니 기쁘네. 재판이 끝날 때마다 신문에서 '박수를 치려는 시도가 있었지만, 법정 관계자들에 의해 즉시 제압되었다.'고 읽곤 했었는데, 이제야 그 의미를 이해하게 되었네.'

앨리스는 생각했습니다.

"그것이 네가 아는 전부라면, 증인석에서 내려가도 좋다."

왕이 계속 말했습니다.

"더 이상 내려갈 수가 없어요. 지금 바닥에 서 있거든요."

모자 장수가 말했습니다.

“그럼 그 자리에 앉아도 된다.”

왕이 대답했습니다.

여기서 다른 기니피그가 환호했고, 금방 제압당했습니다.

‘자, 이제 기니피그는 모두 사라졌다! 이제 제대로 된 재판을 볼 수 있겠지.’

앨리스가 생각했습니다.

“차를 먼저 다 마시는 게 더 좋겠어요.”

모자 장수가 말했습니다. 그는 가수들 목록을 읽고 있는 여왕을 걱정스럽게 바라보았습니다.

“가도 좋다.”

왕이 말했습니다. 그러자 모자 장수는 신발을 신을 겨를도 없이 재빠르게 법정을 떠났습니다.

모자 장수가 재빠르게 법정을 떠나고 있습니다

“…… 그리고 지금 그의 머리를 밖에서 베어라.”

여왕이 한 관리인에게 덧붙였습니다. 그러나 모자 장수는 관리인이 문에 도착하기도 전에 시야에서 완전히 사라졌습니다.

“다음 증인을 불러라!”

왕이 말했습니다.

다음 증인은 공작부인의 요리사였습니다. 그녀는 손에 후추 상자를 들고 있었고, 앨리스는 문 근처의 사람들이 동시에 재채기를 하기 시작하는 모습을 보자, 그녀가 법정에 들어서기 전부터 누군지 짐작할 수 있었습니다.

“증언하라.”

왕이 말했습니다.

“안 된다고요.”

요리사가 대답했습니다.

왕은 하얀 토끼를 불안하게 바라보았고, 하얀 토끼는 낮은 목소리로 말했습니다.

“폐하께서는 이 증인을 반대심문 하셔야 합니다.”

“글쎄, 그래야 한다면 해야겠지.”

왕이 침울한 기색으로 말했습니다. 그리고 팔짱을 끼고 나서 눈이 거의 보이지 않을 정도로 눈살을 찌푸리고 요리사를 바라보면서 위엄 있고 깊은 목소리로 말했습니다.

“타르트는 무엇으로 만들어졌나?”

“주로 후추입니다.”

요리사가 말했습니다.

"당밀."

요리사 뒤에서 졸린 목소리가 말했습니다.

"저 겨울잠쥐를 체포하라. 저 겨울잠쥐의 목을 베어라! 그 겨울잠쥐를 법정에서 쫓아내라! 그 겨울잠쥐를 제압하라! 꼬집어! 수염을 뽑아 버려라!"

여왕이 비명을 질렀습니다.

몇 분 동안 법정 전체가 혼란해졌고, 겨울잠쥐를 쫓아내기 바빴으며, 그들이 다시 자리 잡았을 때쯤에

법정에서 왕이 머리아파하고 있습니다

는 요리사가 사라졌습니다.

"신경 쓰지 마라! 다음 증인을 불러라."

왕이 큰 안도의 표정으로 말했습니다. 그리고 그는 여왕에게 속삭이듯이 덧붙였습니다.

"정말, 여보, 다음 증인을 당신이 반대 심문해야 해. 난 머리가 아파서 견딜 수가 없어요!"

앨리스는 하얀 토끼가 명단 목록을 더듬거리는 모습을 보며, 다음 증인이 어떤 사람일지 매우 궁금해졌습니다.

"…… 그들은 아직 증거가 별로 없어요."

앨리스는 자신에게 말했습니다. 하얀 토끼가 그의 날카로운 목소리로 불렀습니다.

"앨리스!"

앨리스가 얼마나 놀랐는지 상상해 보세요!

제12장

앨리스의 증언

"여기여!"

앨리스가 외쳤습니다. 순간의 혼란 속에 앨리스가 최근 몇 분 동안 얼마나 커졌는지를 완전히 잊고, 너무 성급하게 일어섰습니다. 그래서 앨리스의 치마 자락에 의해 배심원석이 엎어져 아래에 있는 군중의 머리 위로 모든 배심원들이 쏟아져 내렸습니다. 그리고 그들은 누워서 이리저리 흔들려서, 앨리스가 일주일 전에 우연히 엎질렀던 금붕어 어항을 떠올리게 했습니다.

"오, 죄송합니다!"

앨리스는 크게 놀란 목소리로 외쳤고, 다시 가능한 한 빨리 배심원들을 배심원석으로 주워 올리기 시작했습니다. 금붕어의 사고가 앨리스의 머릿속에서 계속 맴돌았고, 배심원들이 즉시 모아져서 배심원석으로 다시 돌아와야 한다는 막연한 생각을 하고

거대해진 앨리스가 배심원들을 혼란스럽게 하고 있습니다

있었습니다. 그렇지 않으면 배심원들이 죽을지도 모른다고.

"재판은 진행될 수 없다. 모든 배심원이 제자리로 돌아올 때까지."

고귀한 목소리로 왕이 말했습니다. 왕은 앨리스를 바라보며 매우 강조하여 반복했습니다.

앨리스는 배심원석을 바라보면서, 급하게도 도마뱀을 거꾸로 넣었다는 것을 알게 되었습니다. 불쌍한 작은 도마뱀은 슬프게 꼬리를 흔들고 있었고, 전혀 움직일 수 없었습니다. 앨리스는 곧바로 도마뱀을 다시 꺼내어 바로 잡아 주었습니다. 그리고는 앨리스는 혼자 중얼거렸습니다.

"별로 중요하지 않겠지만, 어차피 재판 결과에는 위아래가 다를 것 같지는 않아."

배심원단이 충격에서 조금 회복하자마자, 그들의 칠판과 연필이 발견되어 다시 그들에게 돌아왔습니다. 배심원들은 매우 열심히 사고의 역사를 쓰기 시작했습니다. 단 한 마리 도마뱀을 제외하고 말입니다. 그 도마뱀은 너무 놀란 듯이 입을 벌린 채로 법정 천장을 응시하고만 있었습니다.

"이 일에 대해 네가 무엇을 알고 있느냐?"

왕이 앨리스에게 말했습니다.

"아무것도 몰라요."

앨리스가 말했습니다.

"전혀 모른다고?"

왕이 계속 물었습니다.

"전혀 몰라요."

앨리스가 말했습니다.

"그것은 매우 중요한 얘기야."

왕이 배심원들을 향해 말했습니다. 배심원들이 지금 막 그것을 석판에 적기 시작했을 때, 하얀 토끼가 중간에 끼어들어 말했습니다.

"중요하지 않다는 말씀이지요. 폐하?"

하얀 토끼는 매우 정중한 투로 말했지만, 말을 하면서 찡그린 얼굴을 하고 있었습니다.

"중요하지 않다는 말이지."

왕이 서둘러 말하고는 자신에게 속삭였습니다. 마치 어떤 단어가 가장 좋은 소리가 나는지 알아보려는 듯.

"중요…중요하지 않은…중요하지 않은…중요……."

배심원 중 일부는 '중요하다.'고 적었고, 일부는 '중요하지 않다.'고 적었습니다. 앨리스는 그들의 석판을 볼 수 있을 만큼 가까이 있어서 이걸 볼 수 있었습니다.

'하지만 전혀 중요하지 않아.'

앨리스는 생각했습니다.

"침묵!"

이 순간 얼마 동안 공책에 바쁘게 글을 쓰고 있던 왕은 외쳤습니다.

"규칙 42조. 키가 1,600미터 이상인 사람은 모두 법정을 떠나야 한다."

왕은 그의 책에서 크게 읽어 내려갔습니다.

모두가 앨리스를 쳐다보았습니다.

"나는 키가 1,600미터가 아니에요."

앨리스가 말했습니다.

"너는 그 이상이야."

왕이 말했습니다.

"네 키는 거의 3,000미터 이상이야."

여왕이 덧붙였습니다.

"음, 어쨌든 나는 가지 않을 거예요. 게다가, 그건 정규 규칙이 아니에요. 방금 만든 규칙이잖아요."

앨리스가 말했습니다.

"책에서 가장 오래된 규칙이야."

왕이 말했습니다.

"그럼 그 규칙은 1조이어야 해요."

앨리스가 말했습니다.

왕은 얼굴이 창백해져서, 그의 노트를 급하게 닫았습니다.

"평결하라."

왕은 배심원들에게 낮고 떨리는 목소리로 말했습니다.

"아직 더 많은 증거가 있습니다. 폐하. 이 문서는 방금 가져 온 것입니다."

하얀 토끼가 급히 뛰어오르며 말했습니다.

"안에 뭐라고 씌어 있느냐?"

여왕이 말했습니다.

"아직 그것을 열지 않았습니다. 하지만 그것은 편지인 것 같습니다. 카드 잭이 누군가에게 쓴 편지요."

하얀 토끼가 말했습니다.

"그렇겠지. 누군가에게 쓰여 진 게 아니라면, 그건 이상하지."

왕이 말했습니다.

"누구에게 주는 편지인 거죠?"

한 배심원이 말했습니다.

"전혀 표시되어 있지 않습니다. 사실, 겉에는 아무것도 적혀있지 않거든요."

하얀 토끼가 말을 하면서 종이를 펼쳤습니다.

"이건 편지가 아니에요. 시의 집합이에요."

하얀 토끼는 덧붙였습니다.

"카드 잭의 글씨체인가요?"

다른 배심원이 물었습니다.

"아니, 그렇지 않아요. 그것이 가장 이상한 점이에요."

하얀 토끼가 말했습니다(배심원 모두가 어리둥절한 표정을 짓고 있었습니다.).

"그는 다른 사람의 글씨체를 흉내 낸 게 분명하다."

왕이 말했습니다(배심원들은 모두 다시 밝은 표정을 짓고 있었습니다.).

"폐하. 제가 쓰지 않았습니다. 배심원들은 제가 썼다는 것을 증명할 수도 없을 겁니다. 맨 끝에 서명된 이름이 없잖습니까."

카드 잭이 말했습니다.

"네가 그것에 서명하지 않았다면, 그것은 문제를 더 악화시키는 것뿐이다. 너는 어떤 악의를 품고 있었던 것이 틀림없어, 아니면 정직한 사람들처럼 서명을 했어야지."

왕이 말했습니다.

이에 모두가 박수를 쳤습니다. 그날 왕이 한 첫 번째로 정말 영리한 발언이었습니다.

"그것은 그의 유죄를 증명한다."

여왕이 말했습니다.

"그런 일은 아무것도 증명하지 않아요! 왜냐하면, 그것들이 무엇에 관한 내용이 있는 것인지도 모르는 거잖아요!"

앨리스가 말했습니다.

"그것들을 읽어라."

왕이 말했습니다.

하얀 토끼가 안경을 썼습니다.

"어디서 시작할까요. 폐하?"

하얀 토끼가 물었습니다.

"처음부터 시작하라. 그리고 끝에 도달할 때까지 계속해라. 그리고 멈추어라."

왕이 엄숙하게 말했습니다.

이것은 하얀 토끼가 읽었던 구절들입니다.

그들은 나에게 네가 그녀를 만났고,

그에게 나를 언급했다고 말했어요.

그녀는 나에게 좋은 얘기를 해 주었지만,

내가 수영을 할 수 없다고 했어요.

그가 그들에게 내가 가지 않았다고 전했어요.

(우리는 그것이 사실임을 알아요.)

만약 그녀가 이 문제를 계속 밀어붙인다면,

당신은 어떻게 될까요?

나는 그녀에게 하나를 주었고, 그들은 그에게 두 개를 주었어요.

당신은 우리에게 세 개 이상을 주었어요.

그들 모두는 그에게서 받은 것을 당신에게 돌려줬고,

비록 그것들은 이전에는 모두 내 것이었지만.

내가 혹은 그녀가

이 일에 연루된다면,

그는 당신이 그들을 자유롭게 해줄 거라고 믿어요.

꼭 우리가 그랬던 것처럼.

내 생각은

(그녀가 이렇게 발작이 있기 전에)

그와 우리, 그리고 그것 사이에 놓인

장애물이었다는 것이에요.

그에게 그녀가 그것들을 가장 좋아했다는 것을 알리지 마세요.

이는 항상 모든 다른 사람들에게

비밀로 남아야 하며,

오직 당신과 저 사이에서만 지켜져야 해요.

"지금까지 우리가 들은 것 중에서 가장 중요한 증거군. 그러니 이제 배심원들은⋯⋯."

왕이 손을 비비며 말했습니다.

"배심원들 중 누구라도 이 시를 설명할 수 있다면(앨리스는 지난 몇 분 동안 너무 커져서 그를 방해하는 것에 전혀 두려움이 없었습니다.), 나는 그에게 6펜스를 줄게요. 나는 이 시에 의미가 전혀 없다고 믿지 않아요."

앨리스가 말했습니다.

배심원들은 모두 그들의 석판에 '그녀는 이 시에 의미가 전혀 없다고 믿는다.'고 적었지만, 그들 중 아무도 이 시를 설명하려고 하지 않았습니다.

"의미가 없다면, 그것은 많은 문제를 해결해주지. 우리는 의미를 찾으려 하지 않아도 되니까. 그런데 아무래도 모르겠군."

왕이 말했습니다. 그는 계속해서 무릎 위에 시를 펼치고 한 쪽 눈으로 그것들을 바라보며 말했습니다.

"결국에는 그 시 안에서 뭔가 의미가 보이는 것 같아. '내가 수영을 할 수 없다고 했어요.' 너는 수영을 할 수 없지, 그렇지?"

왕이 카드 잭에게 돌아서며 덧붙였습니다.

카드 잭은 슬프게 고개를 저으며 말했습니다.

"내가 그렇게 보이나요?"(그는 분명히 그렇게 보이지 않았습니다. 왜냐하면 전부 종이로 만들어졌기 때문입니다.)

"좋아, 지금까지는, '우리는 그것이 사실임을 알아요.' 여기서 우리는 물론 배심원들이고 '나는 그녀에게 하나를 주었고, 그들은 그에게 두 개를 주었어요.' 아무튼, 그것이 그가 타르트를 가지고 한 일일 거야, 알겠지."

왕이 말했습니다. 그리고 그는 혼자서 시에 대해 중얼거렸습니다.

"하지만, '그들 모두는 그에게서 받은 것을 당신에게 돌려줬고'라고 했잖아요."

앨리스가 말했습니다.

"음, 거기 탁자 위에 있는 거!"

왕은 승리의 감정을 드러내며 탁자 위의 타르트를 가리켰습니다.

"그것보다 더 명확할 수는 없지. 그리고 다시 '그녀가 이렇게 발작이 있기 전에' 당신은 발작을 일으킨 적이 없죠, 여보, 그렇죠?"

왕은 여왕에게 말했습니다.

"절대!"

여왕이 격렬하게 말하며 도마뱀에게 잉크병을 던졌습니다(불행한 작은 도마뱀 빌은 한 손가락으로 석판에 글을 쓰다가 아무것도 표시가 나지 않는 것을 발견하고 글쓰기를 중단했지만, 잉크가 얼굴을 타고 흘러내

왕과 여왕이 법정에서 타르트를 보고 있습니다

리는 동안 그 잉크를 손가락으로 찍어 재빨리 다시 쓰기 시작했습니다.).

"그럼 이 말들은 당신에게 어울리지 않는군."

왕이 미소를 지으며 법정을 둘러보며 말했습니다. 법정은 쥐죽은 듯한 침묵이 흘렀습니다.

“그건 말장난이야!”

왕이 모욕적인 투로 덧붙였고 모두가 웃었습니다.

“배심원은 평결하라.”

왕이 그날에만 스무 번째 말하는 것이었습니다.

“안 돼, 안 돼! 먼저 선고, 그 다음이 평결이야.”

여왕이 말했습니다.

“허튼소리예요! 선고를 먼저 하는 생각이 어디 있어요!”

앨리스가 큰 소리로 말했습니다.

“입을 다물어!”

여왕이 말하며 얼굴이 붉게 변했습니다.

“싫어요!”

앨리스가 말했습니다.

“목을 베어라!”

여왕이 목청껏 소리쳤습니다. 그러나 아무도 움직이지 않았습니다.

“누가 당신 말에 신경을 쓰나요?”

앨리스가 말했습니다.

(앨리스는 이미 완전한 본래의 크기로 성장했습니다.)

“당신들은 카드 한 무더기에 불과해요!”

이에 전체 카드 무리가 공중으로 솟아올라 앨리스에게 날아들었습니다.

전체 카드 무리가 공중으로 솟아올라
앨리스에게 날아들었습니다

앨리스는 반은 공포, 반은 분노로 작은 비명을 지르며 그들을 물리치려 했고, 강둑에 누워 있는 자신을 발견했습니다. 앨리스는 언니의 무릎에 머리를 얹고 있었고, 언니는 나무에서 떨어진 낙엽 몇 개를 부드럽게 털어내고 있었습니다.

"일어나, 앨리스! 왜 그렇게 잠을 많이 자니?"

그녀의 언니가 말했습니다.

"오, 정말 특이한 일이 많이 일어나는 꿈을 꿨어!"

앨리스가 말했습니다. 그리고 앨리스는 그녀가 기억할 수 있는 대로, 독자 여러분이 지금 읽고 있는 그녀의 정말 특이한 모험들을 언니에게 이야기했습니다. 이야기를 끝내자, 언니는 앨리스에게 키스를 하고 말했습니다.

"정말 특이한 일이 많이 일어나는 꿈이었구나. 하지만 이제는 차를 마시러 들어가야 해. 시간이 늦었잖아."

그래서 앨리스는 일어나 달려갔고, 달리면서 얼마나 멋진 꿈이었는지를 생각했습니다.

하지만 앨리스의 언니는 앨리스가 떠났을 때에도 가만히 앉아 있었고, 머리에 손을 얹고 석양을 바라보며, 작은 앨리스와 그녀의 모든 멋진 모험들을 생각하고 있었습니다. 그러다가 그녀도 꿈꾸기 시작했으며, 이것이 그녀의 꿈이었습니다.

먼저, 언니는 작은 앨리스를 꿈꾸었고, 다시 한 번 그 작은 손들이 그녀의 무릎 위에 얹혀 있었고, 반짝이고 열정적인 눈들이 그녀를 올려다보고 있었습니다. 언니는 앨리스의 목소리의 음색을 들을 수 있었고, 항상 앨리스의 눈에 들어가는 떠돌아다니는 머리카락을 막기 위해 머리를 흔드는 그 기묘한 모습도 볼 수 있었습니다. 그리고 그녀가 듣고 있든, 듣고 있는 것 같든 간에, 그녀

주위의 모든 곳은 그녀의 작은 엘리스의 꿈에 등장한 이상한 생물들로 살아 움직이기 시작했습니다.

하얀 토끼가 급히 지나가면서 언니의 발아래 긴 풀들이 바스락거렸습니다. 겁먹은 쥐가 이웃한 웅덩이를 첨벙거리며 지나갔고, 3월 토끼와 그의 친구들이 끝없는 식사를 나누는 동안 찻잔의 달그락거리는 소리를 들을 수 있었습니다. 여왕이 불행한 손님들을 처형하라고 명령하는 날카로운 목소리도 들려왔습니다. 아기 돼지가 공작의 무릎 위에서 재채기를 하고 있었고, 접시와 그릇이 주위에서 깨졌습니다. 그리핀의 비명, 도마뱀의 석판 연필이 삐걱거리는 소리, 그리고 제압당한 기니피그들의 질식하는 소리가 공기를 가득 메웠고, 불행한 가짜 거북이의 멀리서 들려오는 흑흑거림과 뒤섞였습니다.

그래서 언니는 눈을 감고 앉아 있었고, 반쯤 자신이 이상한 나라에 있다고 믿었습니다. 그러나 언니는 눈을 다시 뜨기만 하면 모든 것이 지루한 현실로 변할 것임을 알았습니다. 풀밭에서는 바람에 흔들리는 소리만 들릴 것이고, 연못에서는 갈대가 흔들려서 물결이 일어날 것이며, 덜컹거리는 찻잔은 은은한 양의 방울 소리로 변하고, 여왕의 날카로운 외침은 목동 소년의 목소리로 바뀔 것이며, 아기의 재채기, 그리핀의 비명, 그리고 모든 다른 이상한 소리들은 (그녀는 알았습니다.) 바쁜 농장에서의 혼란스러운 소음으로 변할 것이고, 멀리서 들리는 소는 가짜 거북이의 무거운 탄식을 대신할 것입니다.

마지막으로, 언니는 이 작은 동생 앨리스가 훗날 성인 여성이 되었을 모습을 상상했습니다. 그리고 앨리스가 나이가 들어서도 어린 시절의 단순하고 사랑이 가득한 마음을 간직할 것이라는 생각을 하며, 다른 작은 아이들을 모아 그들의 눈을 반짝이고 열망하게 만들며 많은 이상한 이야기를 들려줄 것이고, 어쩌면 오래전 이상한 나라의 꿈을 나눌 것이라고 생각했습니다. 또한 그녀는 그 아이들의 단순한 슬픔을 함께 느끼고, 자신의 어린 시절과 행복했던 여름날을 기억하며 그들의 단순한 기쁨 속에서 즐거움을 찾을 것이라는 점을 떠올렸습니다.

1832년   잉글랜드 북부 체셔 지역의 작은 마을인 데어즈버리에서 9남매
　　　　 중 셋째로 태어났다.

1844년   Richmond Grammar School 입학

1846년   럭비에서 공부를 시작했다.

1850년   어머님 별세.
　　　　 옥스퍼드 대학교 크라이스트처치에 입학했다.

1854년   옥스퍼드 대학교 크라이스트처치에서 수학(일급 우등)과 고전학(이
　　　　 급 우등) 전공으로 졸업했다.

1855년   크라이스트처치의 펠로우로 임명되어 수학 강의를 시작했다.

1856년   사진 촬영에 시간을 할애했다.

1857년   석사 학위를 취득했다.

1855년~1881년   크라이스트처치에서 교편을 잡았다.

1861년   성공회 성직자 서품을 받았다.

1864년   '앨리스의 지하 모험'이라는 제목의 첫 소설 원고를 완성하였다.

1865년   친구 조지 맥도날드의 아이들의 권유로 『이상한 나라의 앨리스』를
　　　　 출판하다.

1869년   『팬타스마고리아와 기타 시』를 출판하다.

1871년   『거울 나라의 앨리스』를 출판하다.

1871년   『재버워키』 시집 출판하다.

1876년   『스나크 사냥』 시집 출판하다.

1879년~1881년   베니티 페어(Vanity Fair) 잡지의 주간 칼럼에 더블릿
　　　　　　　　 (Doublets)을 연재하다.

1880년   사진 촬영을 포기하다.

1881년   수학 강의직을 사임하고 자신의 연구와 글쓰기에 전념하다.

1882년   크라이스트처치에서 상위 공통실의 큐레이터로 임명되다.

1889년   『실비와 브루노』를 출판하다.

1893년 『실비와 브루노의 결말』을 출판하다.

1898년 폐렴과 인플루엔자 합병증으로 향년 65세를 일기로 사망했다.

1903년 이상한 나라의 앨리스(실사 영화)

1932년 이상한 나라의 앨리스(연극)

1951년 이상한 나라의 앨리스(애니메이션)

1999년 이상한 나라의 앨리스(실사 텔레비전 영화)

2007년 이상한 나라의 앨리스(오페라)

이상한 나라의 앨리스

초판 1쇄 인쇄 2025년 7월 9일
초판 1쇄 발행 2025년 7월 16일

지은이 루이스 캐럴
그린이 존 테니얼
옮긴이 강경숙
펴낸이 이효원
편집인 김성규
마케팅 추미경
디자인 기린
펴낸곳 올리버
출판등록 제395-2022-000125호
주소 경기도 고양시 덕양구 삼송로 222, 101동 305호(삼송동, 현대헤리엇)
전화 070-8279-7311   **팩스** 02-6008-0834
전자우편 tcbook@naver.com

ISBN 979-11-94381-48-8 04080
      979-11-89550-89-9 (세트)